우리 집 아래층에
반달곰이 산다

우리 집 아래층에
반달곰이 산다
마리메 지음 · 임지안 옮김
라곰

2년 차
"같이 먹는 게 훨씬 맛있어"

"처음 뵙겠습니다"

비 오는 날의 산책

문을 열자 눈앞에 새까만 배가 보였다. 고개를 한껏 들어올려야 할 만큼 거대한 곰이었다.

여름의 발소리가 들려오기 시작한 6월의 어느 토요일, 아침부터 쏴아쏴아 쏟아지는 빗줄기에 눈을 뜨자마자 공연히 우울해졌다. 평일에 미뤄둔 빨래 더미. 이럴 줄 알았으면 조금씩이라도 해둘걸.

세탁기를 두 번 돌리고 좁은 방 안에서 고군분투한 끝에 간신히 일주일 치 빨래를 다 널었다. 제습기를 켜두었건만 방 안 공기는 여전히 눅눅했다. 마음이 유난히 헝클어졌다.

우울의 나락으로 떨어지지 않기 위해 라디오를 켰다. 제습기와 라디오 소리를 들으며 늦은 아침을 먹는다. 허니 토스트와 샐러드 그리고 따뜻한 커피. 평소와 다름없는 단출한 아침 식사였다.

"유리코 씨, 계세요?"

노릇하게 구우려다 살짝 태워버린 빵 가장자리를 뜯어 먹는데 내 이름을 부르는 목소리가 현관문 너머에서 들려왔다.

"네, 있어요."

먹다 만 토스트를 접시에 내려놓고 현관으로 향했다. 걸쇠를 풀고 문을 열자 곰이 우두커니 서 있었다. 새까맣고 커다란 반달곰이다.

"좋은 아침입니다, 유리코 씨."

"응, 좋은 아침."

"유리코 씨, 산책하기 좋은 날인데 같이 산책하지 않을래요?"

곰은 싱글벙글 웃는 얼굴로 말했다. 그 얼굴에는 천진한 기대가 담겼다. 오른손에는 큰 우산을 들고 어깨에는 숄더백을 메고 있다. 아마 곰 자신은 깨닫지 못했겠지만 작게 발까지 동동거리고 있다.

빗발은 내가 눈을 떴을 때보다 한층 굵어져 있었다. 라디오에서 하루 종일 비가 내릴 거라고 했는데도 산책이라니. 이런 날에는 집에 느긋하게 있는 게 최고인데.

"산책하기 좋은 날? 이렇게 비가 쏟아지는데?"

"네, 비 오는 날이야말로 산책하기 좋은 날이에요. 자, 가시죠!"

"잠깐만. 지금 막 아침을 먹고 있던 참이었어."

"아, 죄송해요. 그럼 한 시간 뒤에 출발할까요?"

"음, 좀 더 시간이 필요할 것 같아. 두 시간 뒤는 어때?"

"그럼 한 시간 반 뒤에 만나요! 아래에서 기다리고 있을게요. 그럼, 이만."

반달곰은 그렇게 말하고는 신나게 돌아갔다. 우리 집 바로 아래층인 자기 집으로.

곰을 보내고 아침을 마저 먹었다. 그러고는 설거지를 끝내고 청소를 시작했다.

하루도 거르지 않고 청소를 하는데 왜 이토록 먼지가 켜

켜이 쌓이는 걸까. 어디선가 슬그머니 찾아오는 먼지들. 우리 집에 초대한 적이 없는 참 성가신 손님들이다.

"뭘 입고 가지?"

청소를 끝낸 나는 거울 앞에서 팔짱을 끼고 잠시 고민했다. 비가 오니까 조금 더러워져도 상관없는 옷을 입어야겠지. 그래도 모처럼의 휴일이니 어느 정도는 아끼는 옷을 입고 싶은 마음이었다.

고민 끝에 오래 입어 편해진 청바지와 좋아하는 흰색 면 셔츠에 긴 남색 카디건을 걸쳤다. 거울에 비친 모습을 보고 만족한 나는 기분이 조금 들뜨면서도 어깨까지 내려온 머리카락을 보고는 슬슬 미용실을 예약해야겠다고 생각했다.

화장은 최소한으로만 해야겠다. 비 오는 날에도 자외선 차단이 필요하다고들 하지만 주말에는 피부도 쉬게 해주고 싶다. 시계를 보니 약속 시간이 다가왔다. 장화를 신고 집을 나섰다.

문단속을 끝내고 계단 아래를 내려다보니 커다란 우산을 쓴 곰이 나를 향해 손을 흔들고 있다. 먼저 나와 기다리고 있었나 보다. 나는 조금 빠른 걸음으로 곰이 있는 곳으로 향했다.

"자, 가볼까요!"

곰은 내게 미소 짓고는 신나게 걷기 시작했다. 뒤뚱뒤뚱 두 발로 걷는 곰의 뒤를 나는 천천히 따랐다.

"그렇게 큰 우산은 어디서 산 거야?"

5분쯤 걸었을 때 나는 이렇게 큰 우산을 지금껏 본 적이 없다는 사실을 깨달았다. 거대한 곰의 몸을 완전히 가려버릴 만큼 거대한 검은 우산이었다.

"마트에서요."

"어느 마트?"

"역 앞에 새로 생긴 곳 있잖아요."

곰은 지난달에 개점한 마트 이름을 말했다. '언젠가 가봐야지' 하고 생각만 하다가 아직 가보지 못한 곳이다.

"그 마트에는 없는 게 없나 보네."

"네, 거기 가면 웬만한 건 다 있어요. 그 계열사 마트에는 곰 전용 상품 코너도 있거든요."

곰 전용 상품. 곰과 친구가 된 건 이번이 처음이라 그 단어가 낯설면서도 묘하게 흥미로웠다.

"와, 정말? 그 코너에는 어떤 물건이 있는데?"

"우산이나 옷가지 같은 생필품이요. 사람을 위한 상품보다 훨씬 큰 사이즈를 팔아요."

"그래? 나도 궁금하네."

"기회가 되면 꼭 들러보세요. 유리코 씨라면 분명 재미있을 거예요."

곰이 흥얼대듯 말했다. 곰을 따라 걷고 있는데 시야 아래쪽에서 뭔가 씰룩씰룩 움직이는 게 눈에 들어왔다. 곰이 조그만 꼬리를 꼼질꼼질 흔들고 있었던 것이다. 분명 무의식적으로 움직이는 거겠지. 왠지 모르게 귀여웠다.

하늘은 여전히 무섭게 비를 토해내고 있고 사방이 어두컴컴하다. 집을 나선 지 얼마 되지 않았건만 옷은 벌써 군데군데 젖어 있었다.

"유리코 씨, 이것 좀 보세요! 여기 아주 큰 물웅덩이가 생겼어요!"

곰이 잔뜩 신난 얼굴로 앞을 가리켰다. 곰이 가리킨 것은 보도 한가운데에 생긴 유달리 큰 물웅덩이였다. 아무래도 피해 가기는 어려울 듯하다. 장화를 신고 나오길 잘했다는 생각이 들었다.

조심조심 걸어서 건널까, 아니면 살짝 차도로 비껴갈까.

나는 망설였다. 그러자 곰이 살짝 뒤로 물러섰다. 뭘 하려는 걸까. 나는 궁금해하며 바라보았다. 곰은 힘껏 내달리더니 물웅덩이 바로 앞에서 온 힘을 다해 뛰어올랐다.

푸웅 하고 곰은 물웅덩이를 뛰어넘었다. 그리고 물웅덩이 너머에 무사히 착지했다……고 생각한 순간, 그만 균형을 잃고 엉덩방아를 찧었다.

철푸덕.

"괜찮아?"

물웅덩이를 찰방찰방 밟으며 가까이 다가갔더니 곰은 되레 만족스럽다는 듯 지그시 눈을 감고 있다.

"물웅덩이에 빠진 게 몇 년 만인지 모르겠어요. 왠지 즐겁네요. 유리코 씨도 해볼래요?"

"……나는 됐어."

나는 거절하기로 했다.

곰을 따라 하염없이 찰박찰박 걷다 보니 저 앞에 식물원이 눈에 들어왔다. 평소 같으면 아이를 데리고 나온 가족이

나 연인들로 복작일 시간대지만 날씨 탓인지 한산했다.

"식물원에 들어가 볼래요?"

가방에 챙겨온 수건으로 몸을 닦기는 했지만 물웅덩이에 빠진 탓에 여전히 털이 축축한 곰이 천천히 뒤를 돌아보며 물었다. 두 눈이 반짝반짝 빛났다. 식물원에 가고 싶어 견딜 수 없는 모양이다.

"응, 좋아."

내가 말을 마치기도 전에 곰은 행복한 표정을 지었다. 그러고는 곧장 식물원을 향해 뒤뚱뒤뚱 일직선으로 내달렸다. 물론 두 발로.

조금 뒤 식물원에 도착했다. 곰이 이미 입장권 두 장을 사서 기다리고 있었다. 한 장은 사람 입장권, 나머지 한 장은 곰 입장권이었다. 내 입장권 값을 건네려 하자 곰이 고개를 붕붕 가로저었다.

"오늘은 제가 낼게요."

곰은 두 눈을 동시에 깜빡하고 감았다 떴다. 아마 윙크를 하고 싶었겠지.

"고마워."

내 감사 인사에 곰은 마음이 기쁨으로 찰랑이는 듯한 행복한 미소를 지었다.

사람들의 열기와 소란이 사라져버린 비 오는 날의 텅 빈 식물원. 사방을 둘러봐도 마치 흰 물감을 물에 풀어 그린 듯한, 희미하게 번진 풍경만이 펼쳐져 있다. 곰과 나는 발길 닿는 대로 색이 번진 식물원 안을 한가로이 거닐었다.

비는 여전히 주룩주룩 기세 좋게 쏟아지고 있다. 우산을 타고 전해지는 진동이 묘하게 기분 좋았다.

"유리코 씨, 이것 좀 보세요!"

곰은 뜬금없이 그렇게 말하고는 길가의 작은 개울로 달려갔다. 곰을 따라가 보니 돌로 쌓아 만든 폭 1미터쯤 되는 개울이 힘차게 흐르고 있었다.

"비가 와서 물이 불었나 보네."

"굉장하네요. 아, 저기 좀 봐요."

곰이 신나게 손가락으로 가리킨 곳을 보니 앙증맞은 초록색 잎사귀 두 장이 물살을 타고 흘러오고 있었다.

"마치 잎사귀가 경주하는 것 같아요. 귀엽지 않나요?"

"그러게, 정말 경주하는 것 같아. 그나저나 물이 많이 불었네. 댓잎으로 배를 만들어 띄우면 단번에 뒤집히겠는걸.”

“댓잎 배요? 그게 뭐예요?”

곰은 똘망똘망한 눈으로 나를 바라보며 고개를 갸웃거렸다.

“대나무 잎으로 만든 배야, 대나무 잎. 몰라?”

“네, 대나무 잎으로 배를 만드는 줄은 몰랐어요.”

“응, 대나무 잎을 접어 배를 만들면 정말 귀여워. 다음에 대나무 잎이 있으면 만드는 법을 알려줄게.”

“정말요? 야호! 새로운 즐거움이 하나 늘었네요.”

방그레 웃는 곰을 보니 어쩐지 나까지 덩달아 기뻐졌다.

“오길 잘했죠?”

곰이 귓속말하듯 가만가만 속삭였다. 곁눈질해보니 곰은 무척이나 즐거워 보였다.

“그러게. 정말 오길 잘했어.”

비 오는 날의 산책도 나쁘지 않구나. 때로는 이런 산책도 좋네. 나는 그렇게 생각하며 곰에게 ‘고마워’라고 마음속으로 말했다. 직접 말하기엔 아무래도 쑥스러우니까.

“천만에요.”

옆에서 곰이 속삭인 것만 같았다.

봄날의 이사

올봄 나는 이곳으로 이사 왔다. 보송보송 맑게 갠 기분 좋은 어느 날, 5년간 살던 임대 맨션에서 화재가 발생했다. 원인은 가다랑어였다.

1층에는 대학생인 수달이 살고 있었다. 수달은 취미인 낚시를 갔다가 커다란 가다랑어를 잡았고 저녁으로 가다랑어구이를 해 먹기로 했다. 그러나 가다랑어가 너무 건강했던 탓일까, 조리도 하기 전에 어째서인지 되살아나 날뛰기 시작했다나 뭐라나.

격투 끝에 수달은 가까스로 승리를 거머쥐었다. 하지만

자포자기한 가다랑어가 수달 집에 불을 질러버리고 말았다. 그렇게 수달 집은 새까맣게 타버렸다.

"고향집에 내려가기로 했어요."

이튿날, 수달은 떠나기 전에 우리 집에 작별 인사를 하러 왔다. 다행히 불씨는 다른 집으로 번지지 않았고 다친 사람도 없었다. 내가 퇴근하고 집에 돌아왔을 무렵에는 화재 진압도 끝나 있었고 3층에 있는 우리 집도 물론 무사했다.

"폐를 끼쳐 죄송합니다."

수달이 몇 번이고 꾸벅꾸벅 고개를 숙였다.

"아니야, 아무도 다치지 않아 천만다행이지 뭐. 그나저나 고향으로 내려가는구나. 섭섭하네."

내가 말을 하는데도 수달은 나를 보지 않고 연거푸 고개를 숙였다. '그렇게까지 고개를 숙이지 않아도 되는데'라고 생각하며 수달을 보는데 얼굴은 웃고 있었다. 아무래도 고개를 숙이는 게 재미있어진 모양이다.

한동안 그 모습을 바라보는데 꾸벅꾸벅 움직이던 수달의 목이 별안간 멈추었다.

"참! 혹시 괜찮다면 이거 드시겠어요?"

수달은 그렇게 말하고는 죽순 껍질로 돌돌 만 꾸러미 하나를 건넸다.

"고마워. 그런데 이게 뭐야?"

"가다랑어구이예요."

"구이?"

"소방관들이 도착하기 직전까지 구웠어요. 활활 불타는 집 안에서 가다랑어를 굽는 건 제법 두근두근하더군요."

천연덕스럽게 껄껄껄 웃는 수달. 엉겁결에 덩달아 빙긋 웃어버렸다. 그런데 불현듯 이건 웃을 일이 아닌 것 같다는 생각이 들었고 마음속에 무언가가 걸리는 느낌도 들었다.

수달이 준 가다랑어구이는 저녁에 반찬으로 먹었다. 정말이지 맛있었다. 여태껏 먹은 가다랑어구이 중에 가장 맛있었다고 가슴을 펴고 당당하게 말할 수 있을 정도였다.

"희망하시는 조건이라면, 지금 당장 입주할 수 있는 곳은 여기밖에 없어요."

일주일 뒤 부동산을 찾았다. 역에서 도보 15분 이내이면서 한갓진 동네. 화장실과 욕실은 구분되어 있고 월세는 되도록 저렴한 곳. 그렇게 말하자 부동산 아저씨는 "한 곳밖에 소개해드리지 못해 죄송합니다"라며 종이 한 장을 내밀었다.

지은 지 35년 된 4층 건물

동물 입주 가능

"이 맨션엔 어떤 분이 살고 있나요?"

"가만 보자. 거의 빈집이에요. 아, 1층에 반달곰이 살고 있었던 것 같네요."

부동산 아저씨는 고개를 비스듬히 올리고 위를 쳐다보며 말했다. 회색 정장에 선명한 분홍색 넥타이를 맨 부동산 아저씨. 영 보기 싫은 정도는 아니지만 좀 더 차분한 색상을 조합한다거나 이런저런 배합을 해보는 게 좋지 않을까. 그런 생각을 하면서 나는 "그럼, 여기로 할게요" 하고는 새집을 결정했다.

"네?"

"이 집으로 할게요."

"안 보고 바로 결정하시게요?"

부동산 아저씨가 놀란 얼굴로 나를 바라보았다.

"네."

바로 결정했다. 당황하는 부동산 아저씨에게 내 희망 조건에 부합하는 곳이 어차피 이곳밖에 없다는 것, 그리고 지금 살고 있는 맨션에서 불이 났었다는 사정을 설명했다. 내 처지를 온전히 이해하는 표정은 아니었지만 아저씨는 "그렇군요" 하고 말을 맺었다.

"이 맨션에 가다랑어와 싸우는 입주민은 있나요?"

"없습니다."

얼굴을 꼬깃꼬깃 구기며 웃는 부동산 아저씨에게 나는 다시 한번 "이 맨션으로 하겠습니다" 하고 말했다.

"알겠습니다. 그럼, 바로 계약하시죠."

부동산 아저씨는 그렇게 말하고는 부랴부랴 서류를 준비했다.

가장 빠른 입주일은 언제일까. 나는 하루라도 빨리 이사하고 싶었다.

부동산 계약과 이삿짐센터 예약은 척척 진행됐다. 부동산에 다녀온 지 2주일 뒤, 맑게 갠 기분 좋은 봄날에 나는 새집으로 이사를 왔다.

이삿날 아침, 트럭 한 대가 도착했다. 이삿짐센터에서 나온 팀은 고릴라와 침팬지 그리고 체격 좋은 아저씨였다. 고릴라는 오른팔에 '리더'라고 쓰인 완장을 차고 있었다.

이삿짐 박스 15개에 옷장과 가전제품 그리고 화장대 등등. 셋으로 이루어진 팀은 이삿짐을 일사천리로 트럭에 실었고, 그대로 물 흐르듯이 새집으로 옮겼다. 이사는 반나절 만에 끝났다.

새집은 2층이었다. 주위에 높은 건물이 없어서 2층이어도 햇빛이 잘 들었다. 오래된 건물치고 허름하지도 않고 의외로 깔끔했다.

짐을 옮겨준 그들을 배웅한 나는 다시 새집으로 올라와 종이봉투를 손에 들고 1층으로 향했다. 이웃인 반달곰에게 인사하기 위해서였다.

"안녕하세요, 윗집에 이사 온 나카자와라고 합니다. 인사드리러 왔어요."

인터폰을 누르자마자 "네!" 하고 또랑또랑한 목소리가

들렸기에 나는 짧게 용건을 전했다. '영업 사절' 스티커가 붙어 있는 인터폰에서 "잠시만 기다려주세요"라는 목소리가 흘러나오더니 쿵쿵 하는 발소리가 점점 가까워졌다.

"죄송해요. 많이 기다리셨죠?"

문을 열고 나온 건 올려다봐야 할 만큼 커다란 반달곰이었다. 예상보다 훨씬 커서 살짝 놀랐으나 이렇게 가까이서 곰을 본 적이 없다는 생각이 어렴풋이 들었다.

"이삿짐 옮기는 소리가 시끄러우셨을 텐데 죄송합니다. 이거, 별거 아니지만 받으세요."

나는 도톰한 종이로 만든 흰색 봉투를 곰에게 내밀었다.

"신경 안 쓰셔도 되는데……. 어라, 이건?"

"역 앞에 있는 케이크 가게에서 파는 롤케이크예요."

곰은 나와 종이봉투를 번갈아 보더니 돌연 눈을 반짝이기 시작했다.

"그렇다면 혹시……."

"네, 벌꿀 롤케이크예요."

"야호!"

곰은 양손에 든 종이봉투를 높이 들어 올렸다. 콧김을 쿵쿵 내뿜으며 싱글벙글 활짝 웃었다. 아무래도 마음에 든 모양이다.

"기뻐해주셔서 다행이에요. 앞으로 잘 부탁드립니다. 그럼, 저는 이만."

"아, 저기…… 괜찮으시다면 커피라도 한잔 하실래요?"

용건을 끝내고 집으로 돌아가려는데 곰이 다급하게 나를 불러 세웠다.

"커피요?"

"불쑥 죄, 죄송해요. 혹시 괜찮으시다면요……."

조심스레 묻는 곰의 얼굴에는 '망했다'라는 표정이 역력했다. 불안한 듯 눈동자가 이리저리 흔들렸다. 그런 곰을 보고 있자니 아무래도 나쁜 곰은 아닌 것 같아서 좀 더 이야기를 나눠보기로 했다.

"네, 좋아요. 그럼 잠깐 실례하겠습니다."

"야호!"

곰은 가슴 가득 차오르는 기쁨을 주체하지 못하는 듯 방방 뛰었다. 곰이 뛸 때마다 땅이 울리고 흔들렸다. 역시 이 곰은 정말 크다. 그리고 분명 아주 무거울 테지.

"자자, 어서 들어오세요. 바로 커피 내릴게요."

곰은 문을 활짝 열어 나를 안으로 들이고는 허둥지둥 부

억으로 사라졌다. 나는 조금 긴장되어 심호흡을 한 번 하고
곰을 따라 안으로 들어섰다.

곰의 집은 마치 숲 같았다. 벽에는 나무껍질이 붙어 있
고, 천장에는 덩굴이 한 무더기 뻗어 있다. 바닥에는 진녹
색의 장모 양탄자가 깔려 있어 그야말로 숲속에 들어온 듯
한 기분이 절로 들었다.

"여기 앉으세요."

나는 곰이 권하는 대로 통나무 의자에 얌전히 앉았다.
거실에 놓인 커다란 나무 탁자에 통나무 의자가 아주 잘 어
울렸다.

"멋지네요."

집을 둘러보며 그렇게 말하자 곰은 기쁜 듯이 눈을 가늘
게 떴다.

"별말씀을요. 쑥스럽네요."

정말 쑥스러운지 곰은 살짝 얼굴을 붉히며 익숙한 손길
로 커피와 롤케이크 한 조각을 내주었다. 방 안 가득 퍼져
나가는 향긋한 커피 내음이 고스란히 느껴졌다. 한 모금 마
셔보았다. 그러자 엉겁결에 픽 웃음이 새어 나왔다. 곰이

내려준 커피는 정말 맛있었다.

"나카자와 씨는 왜 이 맨션으로 이사 오신 거예요?"

맞은편에 앉은 곰이 볼이 미어지도록 롤케이크를 입에 넣고는 물었다. 나는 조금 망설이다가 수달의 화재 사건을 솔직히 털어놓았다. 곰은 커피를 후후 불어대며 묵묵히 들어주었다.

"정말 독특한 경험을 하셨네요. 맛있는 가다랑어구이를 드신 건 부럽지만요."

곰이 호로록호로록 조심스레 커피를 마시며 말했다. 아무래도 뜨거운 걸 잘 못 마시는 모양이다.

"곰 씨도 가다랑어구이 좋아하세요? 아, 맞다. 성함을 여쭤봐도 될까요?"

'곰 씨'라고 부르고 나서 적절한 호칭일지 문득 걱정됐다. '반달곰 씨'라고 부르기엔 너무 길어서 무심코 '곰 씨'라고 불렀는데 어쩌면 기분이 상했을지도 모른다. 나는 갑자기 불안해졌다.

"가다랑어구이는 아주 되게 좋아해요! 그리고 편하게 곰이라고 불러주세요. 그렇게까지 정중하게 말씀하지 않아도 되니 편하게 말 놓으세요."

“정말요?”

“네, 그게 저도 마음이 더 편하고요.”

“그래? 그럼 이제부터는 곰이라고 부를게.”

“네!”

곰은 싱글벙글 웃으며 힘차게 대답했다. 기뻐서인지 귀가 쫑긋쫑긋 움직였다.

“나카자와 씨는 이름이 어떻게 되세요?”

“유리코야.”

“유리코 씨! 좋은 이름이네요! 그럼 저는 유리코 씨라 부를게요!”

기쁘다는 듯이 이야기하는 곰을 보니 나까지 덩달아 기분이 좋아졌다. 그래서 나도 편하게 말하라고 했다. 그러나 평소에도 이렇게 말한다며 곰은 정중히 거절했다.

“사실 저는 이렇게 누군가와 커피를 마시는 게 꿈이었어요.”

두 손으로 머그잔을 소중히 감싸 쥔 곰은 커피를 바라보며 말했다. 지금 이 모습을 사진으로 찍으면 분명 근사한 결과물이 나올 것만 같다. 커피 광고로 써도 되겠다는 생각

마저 들었다.

"꿈? 지금까지는 한 번도 그런 적이 없었어?"

의아해서 엉겁결에 그렇게 물었다가 너무 무신경한 질문은 아닐까 싶어 곧바로 반성했다.

"홍차나 술을 좋아하는 친구는 있어도 커피를 좋아하는 친구는 없어요. 맛있는 커피가 있다고 초대해도 아무도 저랑 같이 커피를 마셔주지 않았어요. 그런데 유리코 씨가 와주다니 너무 기뻐요."

'후우' 하고 머그잔 위로 입김을 불어가며 "뭐, 홍차도 술도 맛있으니까 저도 좋아하긴 하지만……" 하고 곰이 나지막하게 웅얼거렸다.

"어릴 적에 할머니가 늘 들려주시던 옛날이야기가 있어요. 그 이야기를 수없이 듣는 사이에 누군가와 커피를 마시는 장면을 동경하게 됐어요."

"어떤 이야기인데? 나도 듣고 싶어."

"네, 좋아요. 기억을 헤집어가며 이야기하는 거니 두서없이 쏟아내더라도 너그러이 봐주세요."

곰은 커피 한 모금을 꿀꺽 마시고는 천천히 이야기를 시작했다.

옛날 옛적, 어느 산속에 아주아주 커다란 곰 한 마리가 살고 있었다. 곰은 몸집이 너무나 거대해서 다른 동물들은 곰과 대화할 때마다 늘 고개를 들어 올려다보아야만 했다. 특히 키가 작은 다람쥐나 생쥐는 한없이 고개를 젖히고 있느라 목이 아프다며 불평을 늘어놓곤 했다.

곰은 몸만 거대했지 무척 다정다감했다. 다쳐서 꼼짝 못 하는 동물은 의사에게 데려다주었다. 폭풍우로 보금자리를 잃은 동물에게는 튼튼한 새집을 지어주었다. 배고픈 동물에게는 달착지근한 벌꿀을 나누어주었다. 이렇게 따뜻한 마음씨를 가진 곰을 모두가 좋아했다.

그러던 어느 날, 토끼가 곰의 집을 방문했다. 그것도 맛있는 쿠키를 구워서. 곰은 기뻐하며 토끼를 맞이했다.

곰 한 마리와 토끼 한 마리가 사이좋게 커피를 마시며 뽀각뽀각 쿠키를 나누어 먹는데 토끼가 돌연 진지한 표정으로 곰에게 물었다.

"곰아, 있잖아. 뭔가 갖고 싶은 거 없어?"

곰은 당혹스러웠다. 꽤나 난처했다. 그도 그럴 것이 지금까지 단 한 번도 무언가를 갖고 싶다고 생각해본 적이 없기 때문이다. 곰은 고민에 빠져 끙끙댔지만, 도무지 떠오르는 게 없었다. 그런 곰을 보고 토끼는 되물었다.

"넌 뭘 좋아해?"

곰은 또다시 난처해졌다. 더욱더 난처해졌다. 곰이 좋아하는 것은 너무나도 많았다. 너무 많아서 도저히 하나를 고를 수 없었기에 뭐라 대답해야 좋을지 몰랐다. 곰은 한참이나 음음 하며 끙끙거렸다. 그러나 역시 답은 알 수 없었다.

곰은 토끼가 옆에 있는 것도 잊고 스르르 생각에 잠겼다. 곰의 생각은 꼬리에 꼬리를 물고 늘어졌다. 머리를 감싸 쥐고 하염없이 생각했다. 음음 하며 골똘히 생각했다.

토끼는 열심히 생각하는 곰을 얼마간 말없이 지켜보았다. 하지만 차츰 지루해진 토끼는 그만 설핏 잠이 들고 말았다.

투욱.

무언가 떨어지는 소리에 곰은 퍼뜩 정신을 차렸다. 해는 진즉에 저물어 깜깜한 밤중이 되어버렸다. 곰은 소리의 근원을 찾기 위해 연신 두리번거렸고 맞은편 의자 아래에 떨어진 채 곤히 잠든 토끼를 발견했다.

곰은 토끼를 조심스레 안아 소파에 눕혔다. 그리고 전등을 켜고 커튼을 치려 했다. 바로 그때였다. 무심코 창밖을 내다본 곰의 눈에 아름다운 초승달이 들어왔다.

"그래, 나는 달님을 좋아해."

곰은 황홀한 표정을 지으며 아주 작은 목소리로 말했다. 마치 개미가 속삭이는 듯한 아주 작은 목소리였다. 하지만 토끼의 귀는 그 말을 놓치지 않았다.

"달님이구나. 알겠어! 그럼, 또 보자!"

토끼는 벌떡 일어나 그렇게 말하고는 깡충깡충 자기 집으로 돌아갔다. 곰은 쏜살같이 멀어지는 토끼의 작은 등을 향해 "또 보자!" 하고 손을 흔들었다.

토끼가 놀러 오고 일주일이 지난 어느 날 아침, 곰은 눈을 뜨자마자 깜짝 놀랐다. 그도 그럴 것이 하루아침에 가슴 언저리에 초승달 무늬가 생겨 있었으니까.

몹시 놀란 곰이 그대로 얼어붙어 있는데 현관문을 두드리는 소리가 들렸다. 문을 열었더니 그곳에는 토끼와 너구리, 여우 등 등 많은 동물이 서 있는 게 아닌가.

"어쩐 일이야?"

곰이 몇 번이나 놀라며 묻자 모두 싱긋 웃으며 말했다.

"생일 축하해!"

정작 자신은 잊고 있었지만 오늘은 곰의 생일이었다.

"곰에게 늘 도움만 받으니까 이번에는 보답하고 싶어서 다 같이 생일 선물을 고민했어."

여우가 활짝 웃으며 말했다.

"곰이 달님을 좋아한다고 해서 우리가 달님에게 부탁했지."

깡충깡충 뛰며 토끼가 말했다.

"달님께 뭘 부탁한 거야?"

곰은 자신의 가슴을 내려다보고는 고개를 갸웃하며 모두를 향해 물었다.

"달빛을 조금만 나누어달라고 했네. 그래서 네 가슴에 달님의 빛이 깃든 거지."

가장 나이가 많은 거북이가 찬찬히 설명해주었다.

"그렇구나. 모두 정말정말 고마워!"

곰은 여전히 어안이 벙벙했지만 어쩐지 가슴이 보송보송 따뜻해졌다. 가슴이 따뜻해진 곰은 방긋 웃었다. 방긋방긋 웃는 곰을 본 다른 동물들도 덩달아 기분이 좋아졌다.

"자, 선물 얘기는 이쯤 해두고, 오늘은 생일이니까 다 같이 케이크를 먹자."

토끼는 그렇게 말하고는 나무 그늘에서 아주 커다란 생일 케이크를 가져왔다. 그 모습을 본 곰도 다른 동물들도 띌 듯이 기뻐했다. 생일 케이크는 산꼭대기 광장에서 먹기로 했다.

다 같이 케이크를 나누어 먹는데 이번에는 여우가 타르트를, 생쥐가 홍차를 가져왔다. 시간이 지날수록 광장에는 점점 더 많은 동물이 음식과 마실 거리를 들고 모여들었다. 이날은 광장에서 밤 늦게까지 파티가 이어졌다.

그런 일이 있었던 것도 같고 아니었던 것도 같고, 여하튼 언젠가부터 반달가슴곰의 조상이 생겼다고 한다. 이야기는 여기까지.

곰은 그렇게 말하고는 후우 숨을 내쉬고 커피를 벌컥 들이켰다.

"참 묘한 이야기네."

나는 무심결에 솔직한 감상을 말했다. '있었던 것도 같고 아니었던 것도 같고'라니, 마지막 마무리가 애매한 데다 대체 달님의 빛이라는 게 뭘까. 풀리지 않는 궁금증이 많았다.

"할머니가 얘기해준 옛날이야기예요. 어렸을 적에 매일 밤 자기 전에 들려주셨거든요."

곰은 즐거운 듯이 빈 커피잔에 다시 커피를 채운다. 이야기를 마무리 짓고 만족스러운 모양이다.

"반달가슴곰의 조상님은 큰 곰이었구나."

"그런가 봐요. 그래서 저도 이렇게 크게 자랐어요."

"그렇구나……."

나는 알 것도 같고, 모를 것도 같은 이상한 기분이었다. 반달곰의 평균 키는 모르지만, 눈앞의 곰은 확실히 무지막지하게 큰 느낌이다.

"그래서 왜 집에서 누군가와 커피를 마시고 싶다고 생각한 거야?"

나는 물어보았다. 어렴풋이 짐작은 갔지만 곰의 입으로 직접 듣고 싶었으니까.

"토끼랑 쿠키를 먹는 장면이 좋아서요. 왠지 맛있을 것 같았거든요."

곰은 이번에도 머그잔을 두 손으로 감싸 쥐고 커피를 바라보며 따뜻하게 미소 지었다.

"그렇구나."

그런 곰을 보고 있자니 나도 모르게 웃음이 나왔다. 뭐야 정말, 마치 커다란 인형을 보고 있는 것만 같잖아. 제법 귀여운걸?

"그럼 다음에 올 때는 쿠키를 가져올게."

엉겁결에 그렇게 말해버렸다.

쿵.

큰 소리에 화들짝 놀라 고개를 들자 곰이 테이블에 손을
짚고 벌떡 일어서 있다.

"정말요?"

"응, 물론이지. 특별히 좋아하는 쿠키 있어?"

"쿠키는 다 좋아해요! 물론 비스킷도 되게 좋아하고요!"

곰은 행복하게 웃었다.

정말이지 이 곰은……. 정신을 차려보니 나도 덩달아 웃
고 있었다.

"사실 저는

이렇게 누군가와

벌꿀 롤케이크와 커피를 마시는 게

꿈이었어요."

여름밤의 맥주

가을의 발소리가 아스라하게 들리기 시작할 무렵, 회사 상사가 불쑥 비어 가든 초대권을 내밀었다.

"이거 이번 주말까지인데 나카자와 씨 줄게."

마치 교장 선생님이 졸업생에게 졸업장을 수여하듯 두 손에 초대권을 쥐고 진지한 표정으로 건넸다.

"감사합니다."

상사의 분위기에 맞춰 나도 두 손으로 공손히 받았다. 받고 나서야 초대권이 두 장이라는 사실을 깨달았다. 난데없이 이런 걸 왜 주는 걸까. 의아한 얼굴로 상사를 바라보자 그는 부끄럽다는 듯이 오른손으로 머리를 긁적였다.

"아니, 그게 말이지, 실은 주말에 친구랑 술 마시러 갈 생각이었는데……."

"생각이었는데?"

"이번 건강검진 결과를 아내한테 들켜서 말이야……."

상사는 그렇게 말하며 고개를 푹 숙이고는 볼록 나온 배를 쓸쓸하게 쓸었다.

"아아……."

"어젯밤엔 정말이지 세상이 다 끝난 기분이었어."

"……속상하셨겠어요."

상사에게 건넬 적당한 말을 머릿속으로 열심히 탐색했으나 안타깝게도 마땅한 말을 끝내 찾지 못했다. 우리는 얼굴을 마주 보고는 후후후 하고 쓴웃음을 지으며 헤어졌다.

그건 그렇고, 비어 가든이라. 대체 몇 년 만인지. 술은 좋아하지만 비어 가든은 정말 오랜만이다. 그나저나 누구한테 같이 가자고 말한담? 나는 콧노래를 흥얼거리며 다시 업무를 하기 시작했다.

"있지, 비어 가든 같이 안 갈래?"

곰에게 말을 건넸다. 저녁에 먹을 음식을 사기 위해 퇴근길에 집 근처 편의점에 잠깐 들렀는데 우연히 곰과 마주친 것이다. 마침 곰도 저녁거리를 사러 온 참이었다.

조금 망설이다 집으로 돌아가는 길에 어물쩍 말을 꺼내보았다. 조금 쑥스러워서 어색한 말투로 말해버렸다. 그 탓에 더욱 부끄러워졌다. 얼굴이 홧홧하게 달아올랐다.

"비어 가든이요? 좋죠! 유리코 씨 맥주 좋아하세요?"

곰은 어쩐지 기뻐 보였다. 그리고 어째서인지 오른손에 든 비닐봉지를 붕붕 흔들기 시작했다. 분명 비닐봉지 안에는 캔맥주와 도시락, 달걀이 들어 있었던 것 같은데. 그렇게 흔들어도 괜찮으려나.

"이번 주말까지 쓸 수 있는 초대권을 받았어. 같이 가면 좋을 것 같아서."

"어느 비어 가든이에요?"

"옆 동네 역사 안에 있는 비어 가든이야."

곰은 비닐봉지를 흔들다 뚝 멈췄다. 그 순간 무언가 가벼운 물체가 깨지는 듯한 소리가 났다.

"저어, 혹시 불곰 씨네 비어 가든인가요?"

곰의 목소리 톤이 불현듯 낮아졌다. 신경이 쓰여 고개를 돌렸더니 조금 전만 해도 나란히 걷고 있던 곰이 약간 뒤에 멈춰 서서 웃음기 없는 얼굴로 나를 응시하고 있다. 그 모습이 꽤나 박력이 있다.

"응, 맞아……."

여기까지 말하고 그제야 깨달았다. 어쩌면 반달가슴곰과 불곰은 사이가 안 좋을 수도 있지 않을까? 같은 곰이기도 하니까. 곰 세계의 사정을 나는 잘 모르지만 왠지 그럴 수도 있겠다는 생각이 들었다. 의도치 않게 곰을 화나게 만든 걸지도 모르겠다.

나는 곰에게 서둘러 사과하려 했다. 그런데 '미안해'의 '미' 자가 목구멍에서 나오려던 찰나, 곰이 별안간 두 팔을 번쩍 들고 환하게 웃으며 껑충 뛰었다.

"야호! 신난다! 거기는 벌꿀 맥주를 마실 수 있는 곳이잖아요! 꼭 한 번 가보고 싶었어요."

쿵쿵. 묵직한 발소리와 함께 땅이 살짝 흔들렸다.

"잠깐만, 이웃들에게 민폐니까 일단 진정해."

"아, 죄송해요."

내가 따끔하게 충고하자 곰은 면목 없다는 듯 작은 목소리로 사과하고는 몸을 움츠렸다. 아무래도 불곰과 사이가 나쁜 건 아닌 모양이다.

"근데 반달가슴곰이랑 불곰은 사이가 좋아?"

"불곰 씨요? 좋지도 나쁘지도 않고 그냥 평범해요. 비어 가든을 차렸다는 말을 듣기는 했는데 좀처럼 갈 기회가 없어서요."

"그렇구나……."

곰 얼굴에 '어째서 그런 걸 묻는 걸까?'라는 글자가 적혀 있는 듯했지만 나는 애써 무시하고 먼저 걷기 시작했다.

"그럼 토요일 저녁에 시간 비워둬."

나는 앞을 본 채 말했다. 그러자 뒤에서 "네!" 하는 귀엽고 활기찬 대답이 들려와서 나는 절로 웃음이 났다. 그러다 문득 한 가지 신경 쓰이는 일이 떠올랐다.

"그나저나 비닐봉지 속 물건은 괜찮아?"

"비닐봉지요?"

"편의점 비닐봉지 말이야. 막 흔들었잖아. 그러면 안 돼, 위험하니까."

"네? 무심코 그만…… 아."

곰은 비닐봉지를 들여다보더니 그대로 굳어버렸다. 나도 신경이 쓰여 곰이 들고 있는 비닐봉지를 들여다보았다.

역시나 비닐봉지 안에는 도시락과 달걀이 엉망이 되어 있었다.

"자업자득이지 뭐. 힘내……."

"맙소사……. 저녁 먹고 달걀로 핫케이크를 구우려고 했는데."

곰은 쓰러지듯 철퍼덕 무릎을 꿇었다. 서글픈 얼굴로 당장이라도 울음을 터뜨릴 것만 같다. 그런 곰을 보고 있자니 어떻게든 도와주고 싶은 마음이 들었다.

"달걀 줄까?"

"네?"

"아마 냉장고에 있을 거야."

나는 그렇게 말하며 집 냉장고 내부를 떠올려보았다. 응, 괜찮아. 얼마 전에 사서 넣어둔 달걀이 있다.

"덥석 받아도 돼요?"

"대신에 나도 핫케이크 먹게 해줘."

"물론이죠! 커피도 준비해둘게요!"

곰은 신나게 대답하고는 벌떡 일어나 집을 향해 내달렸다. 곰이 굉장히 빠른 속도로 달리는 바람에 그 뒷모습은 순식간에 작아졌다.

"아, 맞다! 유리코 씨, 정말 감사합니다!"

집을 향해 걸음을 떼는데 앞쪽에서 곰의 우레 같은 목소리가 들려왔다. 기쁜 건지 부끄러운 건지 알 수 없는 상태에서 나는 얼굴이 달아오르는 걸 느꼈다. 아이참, 이웃들에게 민폐니까 큰 소리로 떠들면 안 된다고 방금 말했는데. 나중에 꼭 잔소리해야겠어.

정신을 차려보니 나는 커다랗고 폭신폭신한 쿠션을 꼭 껴안고 있었다. 아니, 아무래도 쿠션은 아닌 것 같다. 왜냐하면 일정하게 위아래로 흔들리고 있으니까. 주위를 둘러보니 밤거리 풍경이 천천히 뒤로 흐르고 있다.

"제가 깨웠나요?"

폭신폭신한 쿠션이 말했다. 아아, 익숙한 목소리다. 그제야 겨우 깨달았다. 쿠션이 아니라 곰이다. 나는 지금 곰 등에 업혀 있다.

"어라…… 어째서?"

상황이 잘 이해되지 않았다. 나는 서둘러 등에서 내려오려 했다.

"안 돼요. 가만히 계세요. 유리코 씨 취했잖아요."

"내가? 취했다고?"

"네, 그것도 꽤 많이요."

믿기지 않았다. 술은 거의 매일 마시고 있다. 저녁을 먹은 후에 텔레비전을 보면서 한 잔 기울이는 게 일상이고, 되레 술을 마시지 않는 날이 드물다.

내 주량은 파악하고 있다. 그래서 술자리에 참석해도 무리해서 마시지 않고 오히려 취한 사람을 챙겨주는 편이다. 그런 내가 취했다고? 아무래도 믿기지 않는다. 아니, 믿고 싶지 않다.

"그럴 리 없으련데."

혀가 잘 돌아가지 않았다. 어라, 뭔가 이상한 것 같기도 하다.

"거봐요, 발음이 이상하잖아요."

곰 어깨가 바들바들 떨렸다. 젠장, 이 녀석 웃고 있다. 공연히 화가 울컥 치밀었다.

"안 이상래…… 어라?"

또 혀가 꼬였다. 이상하다, 이상하다, 이상하다. 어쩐지 말이 마음대로 나오지 않는다.

"나 그렇게 많이 마셨나?"

"유리코 씨 기억 안 나요? 초반부터 굉장한 속도로 마셨어요."

기억해내려고 안간힘을 썼다. 그러자 머리가 살짝 아팠다. 마치 작은 망치로 콩콩 하고 머리를 두드리는 듯한 느낌이었다.

콩콩, 콩콩, 콩콩. 작은 통증이 생길 때마다 서서히 나의 어리석은 행동이 조각조각 떠오르기 시작했다.

나는 곰과 함께 불곰의 비어 가든에 갔다. 물론 직장 상사에게 받은 초대권을 쓰기 위해서다. 곰도 나도 들뜬 기분으로 가게에 들어섰다.

여름이 끝나가는 계절이라고는 해도 가게 안은 손님으로 가득했다. 혼자 마시는 사람이 있는가 하면 여럿이 시끌벅적하게 모인 무리도 있다. 웨이터는 우리를 가게 안쪽 끝의 테라스 자리로 안내했다.

"오늘 찾아주셔서 정말 감사합니다."

자리를 안내해준 건 검은 데님 앞치마를 두른 커다란 불곰이었다. 불곰은 깊이 머리를 숙이고는 주문 방법과 주문 마감 시간을 안내해주었다. 음식은 테이블에서 바로 주문하면 되지만 마실 거리는 카운터에 가서 주문하고 받아오는 방식이었다.

설명을 마치고 물러나는 불곰을 물끄러미 바라보는데 곰이 폭풍 같은 한숨을 내뿜었다.

"왜 그래?"

"불곰 씨가 멋있어서요. 동경하거든요, 저런 늠름한 얼굴을요."

"곰 얼굴도 충분히 늠름하다고 생각하는데?"

"그게 아니라 저 '불곰!' 하는 느낌이 멋있잖아요. 저도 그렇게 될 수는 없을까요."

곰은 멀어져가는 불곰을 눈으로 좇으면서 땅이 꺼지도록 한숨을 내쉬었다. 반달곰이 불곰 같은 분위기를 풍기는 건 희대의 난제처럼 느껴졌다.

"뭐, 없는 걸 부러워해봐야 소용없잖아. 맥주나 마시면서 기분 전환하자."

내가 그렇게 말하자 곰은 대뜸 등을 쫙 펴더니 눈을 반짝였다.

"그렇네요! 유리코 씨도 벌꿀 맥주 마실 거죠? 유리코 씨 것도 가져올게요. 음식은 유리코 씨가 좋아하는 걸로 적당히 주문해주세요!"

그렇게 후다닥 내뱉고는 내 대답도 듣지 않고 훌쩍 자리를 떠났다. 태세 전환이 엄청나게 빠른 곰을 보며 나는 감탄하고 말았다. 정말이지 분주한 녀석이다.

좋아하는 음식을 주문해도 된다는 말을 듣고 나는 사실 난감했다. 이럴 때 뭘 주문하면 좋을지 몰랐기 때문이다. 첫 주문 메뉴로 밥 종류는 피하는 게 좋다는 것쯤은 알고 있다. 그런데 곰이 샐러드를 좋아하는지, 아니면 채소류는 술안주가 아니라고 생각하는지 가늠할 수가 없었다.

잠시 고민한 끝에 나는 덜 바빠 보이는 멧돼지 점원을 불렀다. 그리고 일단 풋콩과 절임 채소 모둠, 감자튀김을 주문했다. 참고로 나는 채소는 술안주가 아니라고 생각하는 주의다.

"주문 확인하겠습니다. 풋콩 하나, 절임 채소 모둠 하나, 감자튀김 하나. 맞으실까요?"

멧돼지 점원은 한 손에 전표를 들고 손수 쓴 주문 내역을 또박또박 정중하게 읊었다. 옆에서 보니 정면으로 봤을 때보다 훨씬 더 성격이 꼼꼼해 보였다.

"네, 맞아요."

"감사합니다. 바로 준비해드리겠습니다."

깊이 고개를 숙인 뒤 멧돼지는 재빠르게 가게 안쪽에 있는 주방으로 사라졌다.

"늦어서 죄송해요."

목소리에 고개를 들어보니 곰이 미안하다는 표정으로 맥주를 들고 서 있다.

"카운터에 손님이 무지하게 많아서요."

"그건 어쩔 수 없지 뭐. 근데 저기, 그 맥주잔……."

나는 곰이 들고 온 맥주잔을 보고 말을 잃었다. 일반적인 크기가 아니었다.

"뭐가 이상해요?"

"아니, 이상하다기보다 너무 크지 않아? 이건 맥주잔이 아니라 피처인데……?"

곰은 크기에 압도당한 나를 의아하다는 듯이 멀뚱히 쳐다보았다. 그러나 이내 무슨 말인지 알아차렸는지 마치 전류라도 찌르르 흐른 듯 눈을 동그랗게 떴다.

"아, 맙소사! 제가 벌꿀 맥주 두 잔을 주문하는 바람에 곰 사이즈로 두 잔이 나왔나 봐요……."

"그렇구나. 뭐, 상관없어. 얼른 건배하자. 목마르다."

"죄송해요……. 너무 많으면 남겨도 돼요. 이렇게 보여도 저 술이 꽤 세거든요……."

격정스럽다는 듯이 쳐다보는 곰을 무시한 채 나는 맥주잔을 받아 들고는 곰의 맥주잔에 가볍게 잔을 부딪쳤다.

벌꿀 맥주는 상상 이상으로 뒷맛이 깔끔하고 아주 맛있었다. 목 넘김도 좋아 나는 대번에 벌꿀 맥주에 매료되고 말았다. 양이 많아서 천천히 마시려고 했건만 어느새 커다란 맥주잔은 텅 비어버렸다.

"저, 유리코 씨? 유리코 씨는 술을 꽤 잘 마시나 봐요?"

곰이 격정스러운 눈빛으로 나를 보았다. 왜 그러지? 내가 호로록 단숨에 마셔버려서? 염려하지 않아도 되는데.

"곰."

"네."

"벌꿀 맥주 참 맛있다, 그렇지?"

"아, 네, 맛있네요. 역시 맥주는 벌꿀……."

"곰."

“아, 네.”

“한 잔 더.”

나는 곰의 말을 끊고 빈 잔을 내밀었다.

“곰 사이즈로.”

“네.”

곰은 자기 잔에 남아 있던 맥주를 서둘러 비우고는 허겁지겁 카운터로 내달렸다.

곰을 기다리는 동안 주문한 음식이 도착해 나는 덥석덥석 집어 먹었다. 그리고 왠지 벌꿀 맥주에 잘 어울릴 것만 같은 고구마와 호박 마요네즈 샐러드, 닭튀김, 그리고 모차렐라 치즈 피자를 추가로 주문했다.

“가지고 왔어요! 와! 와아! 먹음직스러운 음식들이 가득하네요!”

곰이 돌아온 것과 거의 동시에 멧돼지 점원이 추가로 주문한 음식을 테이블 위에 내려놓았다. 아까보다 곰이 더 늦게 돌아와서 그런지 음식이 도착한 타이밍이 딱 좋았다. 음식이 차례차례 테이블에 놓이자 곰이 환호했다.

“그렇지? 분명 되게 맛있을 거야.”

“유리코 씨는 역시 센스가 좋아요. 전부 다 정말로 맛있어 보이는 데다 맥주랑도 잘 어울릴 것 같아요."

곰에게 칭찬받은 나는 기분이 좋아져서 맥주를 신나게 들이켰다.

주문한 음식은 하나같이 맛있었다. 특히 피자는 맥주와 찰떡궁합이었다. 이것도 저것도 정말이지 하나같이 맛있어서 나는 몇 번이고 몇 번이고 곰에게 맥주를 가져오라고 부탁했다. 물론 곰 사이즈로.

잔뜩 먹고 잔뜩 마시는 사이 내 시야는 차츰 흐려졌다. 그리고 어느새 시야가 새까매졌다.

후회는 쓸모없는 일이라고 생각한다. 암만 후회해도 과거는 되돌릴 수 없으니까. 후회할 바에야 이미 지난 일은 잊고 앞을 보고 싶다. 늘 그렇게 생각한다.

그러나 지금은 그렇지 않다. 세 시간, 아니 한 시간이라도 좋다. 시간을 도르르 되돌리고 싶었다.

"기억났어요?"

나를 업고 있는 곰이 물었다. 얼굴이 보이지 않아서 표정까지는 알 수 없지만 퍽 걱정하는 눈치다.

"응, 생각났어……."

"다행이에요."

곰의 몸이 또다시 부르르 떨리기 시작했다. 생각만 해도 배시시 새어 나오는 웃음을 참으려 무진 애를 쓰는 느낌이었다. 나는 화가 나서 말없이 곰의 어깨를 퍽퍽 때렸다. 곰 어깨가 부드러워서 그런지 때리다 보니 어쩐지 재미있었다.

"아 맞다, 계산은?"

곰 어깨를 때리다 문득 떠올랐다. 초대권을 받아서 비어 가든에 갔는데 정작 내가 초대권을 낸 기억이 없다.

"유리코 씨가 초대권을 내줬어요."

"그래? 다행이네."

나는 안도의 한숨을 내쉬었다. 그러나 곧 불길한 예감이 들었다. 왜냐하면 곰이 또 부르르 몸을 떨기 시작했으니까.

"유리코 씨, 테이블에서 일어나기 전에 불곰 씨를 부른 거 기억 안 나요?"

"뭐? 거짓말이지?"

그런 기억은 전혀 없다. 불곰 씨를 불렀다고? 내가? 절대 그런 짓을 할 리가 없는데.

"정말 기억 안 나세요? 술이랑 음식이 최고라고 칭찬하고는 기세 좋게 '거스름돈은 필요 없어!'라며 호탕하게 초대권을 테이블 위에 내리쳤잖아요."

"뭐? 거짓말……."

"초대권을 내고 거스름돈은 필요 없다니……, 보는 것만으로도 재미있었어요."

곰이 한참을 쿡쿡쿡 웃었지만 이상하게 화가 나지는 않았다. 나는 그저 밤하늘에 점점이 박힌 별을 올려다보며 나의 어리석은 행동에 절망할 뿐이었다.

"아아, 누구든 좋으니 시간을 되돌려줘. 지금 당장!"

하늘을 향해 고래고래 소리 질렀다. 그러나 그 소원이 이뤄질 리 만무하다. 곰이 더 크게 쿡쿡쿡 웃으며 "이웃 주민들에게 민폐라고요"라고 말해서 나는 또다시 곰의 어깨를 퍽퍽 때렸다.

저만치에서 우리 맨션이 보이기 시작했다. 나는 여전히 곰에게 업혀 있다.

간혹 지나치는 사람들이 던지는 시선에도 제법 익숙해졌다. 나를 보지 않았으면 했지만, 한편으로는 흘깃 쳐다보는 마음도 이해가 갔다. 애초에 업어주는 모습 자체가 보기 드문 데다 하물며 그 조합이 곰과 사람이다. 나였어도 분명 흘끔흘끔 쳐다봤을 것이다. 처음에는 그런 시선들이 부끄러웠으나 지금은 자랑하고 싶은 마음마저 든다. 어쨌든 곰 등에 업힐 기회란 그리 흔치 않으니까.

“그거 말고 또 이상한 짓은 안 했어?”

점점 정신이 돌아온 나는 걱정이 돼서 물어보았다. 초대권을 테이블에 내리쳤던 기억은 아무리 애써도 떠오르지 않는다. 혹시 다른 사고도 친 건 아닐까 점점 불안해지기 시작했다.

“괜찮아요. 가게를 나오자마자 잠들어서 제가 업고 왔거든요.”

“그렇구나. 그럼 다행이야.”

나는 후우 하고 안도의 한숨을 내쉬었다. 다행이다. 아니, 사실 다행이라 할 수는 없지만 만일 또 다른 이상한 행동을 했더라면 나는 부끄러워서 견딜 수 없었을 것이다. 앞으로 과음하지 않게 정말 조심해야겠다.

“아, 맞다…….”

“어, 왜?”

곰이 무언가 생각났다는 듯이 말했다.

"잠꼬대를 몇 번인가 했어요."

"정말 최악이네……. 내가 뭐라고 했어?"

"이런저런 말을 하긴 했는데 거의 알아들을 수 없었어요. 아, 몇 번인가 '엄마'라고 말하는 건 알아들었지만요."

나는 그 말에 취기가 확 달아났다. 거울을 보지 않아도 알 수 있었다. 분명 끔찍한 얼굴을 하고 있을 테니까. 지금은 그 누구에게도 얼굴을 보이고 싶지 않았다. 곰에게 업혀 있어 다행이라는 생각이 그때 처음 들었다.

"유리코 씨? 왜 그래요?"

"응? 아, 미안. 괜찮아, 괜찮아."

정신 차리자. 설마 내가 그런 말을 입 밖으로 내뱉을 줄은 몰랐던 터라 그만 동요하고 말았다.

그러는 사이 우리는 맨션에 다다랐다.

"고마워. 이제 내려줘도 돼."

단지 내에 들어서서도 곰은 여전히 나를 업은 채 그대로 계단까지 오르려 했기에 나는 왈칵 겁이 났다. 괜찮기는 하겠지만 만약 이대로 계단에서 구르기라도 한다면……. 그렇게 생각하니 오금이 저렸다. 밤바람 덕에 취기도 깨서 나는 내 발로 계단을 오르고 싶었다.

"유리코 씨, 유리코 씨의 엄마는 어떤 분이에요?"

"뭐야 느닷없이. 어디서나 볼 수 있는 평범한 사람이야. 아니, 그보다 왜 말머리를 돌리는 거야! 얼른 내려줘."

곰은 내 말을 귓등으로 들었는지 아랑곳하지 않고 계단을 오르기 시작했다. 호기롭게 한 번에 두 칸씩 계단을 오르는 곰. 곰의 등은 꽤 흔들린다. 진심으로 무섭다.

"브라보!"

계단을 다 오르자 곰이 만세 하듯 두 팔을 번쩍 들며 외쳤다. 큰 소리를 내지 말라고 주의를 주고 싶었으나 그러지 못했다. 추락의 공포에서 해방되어 굉장히 지쳐 있었으니까.

"유리코 씨, 누군가를 업고 계단을 오르는 건 참 좋은 트레이닝이 되네요."

"어머, 그래? 다행이네."

나는 별생각 없이 대꾸했다. 머리가 전혀 돌아가지 않는데다 지금은 그저 침대에 드러눕고 싶었으니까. 아, 그래도 샤워는 해야겠지. 화장도 지우고 싶고.

그런 생각을 하고 있는데 어째서인지 곰이 콧노래를 흥

얼거리며 리듬에 맞춰 다시 계단을 내려가기 시작했다.

"잠깐만. 왜 다시 내려가는 거야! 기껏 올라왔는데."

나는 깜짝 놀라 곰의 어깨를 두드렸다.

"아니, 그냥 좀 재미있어서요. 유리코 씨 한 번 더 계단을 올라가도 될까요?"

"안 돼. 게다가 왜 대답을 듣기도 전에 내려가는 거냐고!"

"아! 그러네요!"

"어휴, 정말이지 너란 곰은."

나도 모르게 한숨이 흘러나왔다. 그런데 내가 내쉰 숨에서는 믿기 힘들 만큼 술 냄새가 진동했다. 그 냄새를 맡은 순간, 분한 마음이 드는 동시에 따뜻한 커피가 마시고 싶어졌다.

"그럼, 한 번 더 올라가 볼게요!"

계단을 무사히 내려간 곰이 빙글 몸을 돌리며 힘차게 말했다.

"있잖아, 나 커피가 마시고 싶어."

나는 그렇게 말해보았다.

"커피요?"

곰이 놀란 목소리로 물었다.

"곰이 내려준 드립 커피가 마시고 싶어."

지금 내가 가장 마시고 싶은 걸 말해보았다.

"좋아요. 커피 타임을 가져요!"

곰은 그렇게 말하고는 나를 업은 채 자기 집으로 향했다. 이 녀석, 커피 타임이라는 말뜻을 제대로 알기는 하는 걸까? 나는 잠깐 쉬고 싶은 게 아니라 느긋하게 커피를 즐기고 싶은데. 살짝 마음에 걸렸지만 말은 하지 않기로 했다.

그날 밤, 나는 곰 집에서 해님이 얼굴을 내비칠 때까지 느긋하게 커피를 마셨다. 곰이 구워주는 도톰한 핫케이크를 먹으면서.

삼색 고양이의 백반집

하늘하늘 춤추듯 떨어지는 단풍잎. 그 아래서 곰이 춤을 추고 있다. 아니, 춤을 춘다기보다는 춤춰지고 있다는 말이 더 적절할지도 모르겠다.

"단풍잎이 땅에 닿기 전에 잡으면 좋은 일이 생긴다고 하지 않나요?"

"그래? 나는 처음 듣는 말인데."

"우리 할머니가 알려주셨어요. 그러니까 맞을 거예요!"

곰은 그렇게 단언하며 진지한 얼굴로 커다란 단풍나무를 똑바로 올려다보았다. 그렇게 올려다보면 목이 아프지 않을까.

"곧 잡을 수 있을 것 같으니까 잠깐만 기다려주세요."

곰이 내 쪽은 쳐다보지도 않고 그렇게 말하고는 바람에 나부끼는 단풍잎만 계속 쫓는다. 저쪽으로 갔다가 이쪽으로 왔다가. 비틀비틀, 비틀비틀, 빙글빙글, 빙글빙글 움직인다. 금방 끝난다더니 자그마치 15분째 춤을 추고 있다.

그나저나 곰의 움직임을 가만히 지켜보는 건 퍽 즐거웠다. 춤추듯 우아하게 떨어지는 단풍잎을 부산스럽게 쫓아다니는 모습이 어쩐지 귀엽달까. 나는 단풍나무에서 조금 떨어진 곳에 웅크리고 앉아 그 광경을 지켜본다.

맑게 갠 가을 하늘 아래, 우리는 옆 동네로 놀러 왔다. 그러나 당분간 역 앞에서 움직일 수 없을 것만 같다.

오늘은 아침부터 날씨가 좋았다. 모처럼 날씨가 좋으니 사부작사부작 발길 닿는 대로 산책이나 해볼까 싶어 점심 때 집을 나섰다. 어디로 가볼까 고민하며 계단을 내려가는데 때마침 곰이 집에서 나왔다.

"안녕하세요, 유리코 씨."

"안녕."

곰은 우체부 아저씨가 멜 법한 커다랗고 검은 배낭을 메고 있었다. 온갖 물건이 가득 들어 있을 것만 같다.

"유리코 씨 외출하세요?"

"응, 외출하려고."

"어디로요?"

"잠깐 근처까지."

나도 드디어 말해봤다. 누군가가 "어디 가세요?"라고 물으면 "잠깐 근처까지요"라고 한 번쯤은 대답해보고 싶었다. 그 꿈을 드디어 이루었다. 별것 아니지만 왠지 기뻤다.

내가 흐뭇해하고 있는데 곰이 의아한 얼굴로 나를 바라보았다.

"근처 어디요?"

"응?"

"어디로 가는데요?"

곰이 흥미진진한 얼굴로 나를 본다. 이 녀석, 그걸 물어보다니. 조금 전까지의 만족감은 순식간에 날아가 버리고 알 수 없는 수치심이 나를 덮쳤다.

"비밀. 하지만 정말 좋은 곳이야."

말하고 나서 곧바로 후회했다. 맙소사, 나란 사람은 왜

이다지도 바보 같은 말을 내뱉는 걸까. 수준 낮은 변명을 할 바에는 차라리 솔직하게 말하는 게 나았을 텐데. 한숨이 절로 나올 것만 같았다.

"같이 따라가도 돼요?"

흡. 나오려던 한숨이 목구멍 안으로 쏙 들어갔다. 곰을 쳐다보니 눈이 반짝반짝 빛나고 있다. 제발, 그렇게 순수한 눈으로 나를 보지 말아줘. 나는 곰의 시선에서 당장 도망치고 싶었다.

"글쎄……. 그나저나 넌 어디 가려던 참이었어?"

말머리를 돌리고 싶어서 일단 이런 말을 던져보았다.

"옆 동네 수제 마켓에 가려고요!"

곰이 방긋방긋 웃으며 말했다.

"어머나, 멋지네. 뭐 사려고?"

왠지 말머리를 돌릴 수 있을 것만 같다. 좀 더 질문을 이어가 보자.

"고릴라 씨가 만든 바나나 케이크요!"

곰이 더욱 방긋방긋 웃으며 말했다.

"나도 같이 가도 돼?"

"그럼요, 같이 가요!"

곰이 신난 듯이 두 손을 번쩍 들었다. 얼굴에는 '야호!'라고 대문짝만하게 쓰여 있는 듯했다. 역시 단순하다. 나는 말머리를 돌리는 데 성공했을 뿐만 아니라 산책할 친구와 목적지까지 단번에 해결했다.

"아, 그런데 유리코 씨도 어디 가려던 거 아니었어요?"

곰이 뒤늦게 생각난 듯 물었지만 나는 못 들은 척 발걸음을 재촉했다.

"자, 빨리 가자."

성큼성큼 발걸음을 옮기며 다시는 괜한 말은 하지 말자고 내심 다짐했다.

옆 동네까지는 전철로 15분쯤 걸린다. 우리는 전철역까지 느긋하게 걸었다. 역까지 가는 길에 나란히 줄지어 있는 가로수는 너 나 할 것 없이 온통 울긋불긋 물들어 있었다. 우리는 낙엽을 바스락 밟기도 하고 가볍게 차기도 하면서 즐겁게 역사로 향했다.

"가을이네요."

곰이 구름 한 점 없는 하늘을 올려다보며 감탄하듯이 말했다.

“응, 가을이야.”

나도 따라 말했다. 이런 가을 산책도 꽤 괜찮네. 그런 생
각을 하는 사이 전철역에 닿았다.

역은 한산했고 두 개 있는 승강장에 곰과 나 외에 아무
도 없었다. 평소에는 좀 더 붐비는데 오늘은 웬일로 우리밖
에 없네. 그렇게 곰에게 말하려던 순간 문득 깨달았다. 곰
오른쪽 어깨 위에 다람쥐 모녀가 타고 있다는 사실을.

“너 어깨 위에…….”

깜짝 놀란 나는 속마음이 그대로 입 밖으로 흘러나왔다.

“꼬마 숙녀가 걷다 지쳤대요. 다람쥐 모녀도 마침 옆 동
네까지 간다기에 어깨에 타라고 했어요.”

“그래……?”

다람쥐 모녀가 나를 향해 꾸벅 인사한다. 뭐야, 너무 귀
엽잖아.

“저기, 사진 찍어도 괜찮을까?”

나는 참을 수 없었다.

“네? 뭐, 상관없지만 사진 찍을 만한 게 있나요?”

곰이 고개를 갸웃한다. 그러자 다람쥐 모녀도 곰 어깨

위에서 거의 동시에 고개를 갸웃거린다. 나는 가슴을 부여잡았다. 이 귀여움은 거의 범죄다.

"응. 그냥 좀 내가 찍고 싶어서."

어질어질 현기증을 느끼면서 나는 곰과 다람쥐 사진을 찍고, 그 사진을 슬그머니 스마트폰 배경 화면으로 설정했다. 새로운 배경 화면에 만족해하는 사이, 멀찍이서 다가오는 전철 소리가 들려왔다.

전철 안은 텅 비어 있어서 우리는 쪼르르 나란히 앉았다. 차내는 아주 따뜻해서 금세 눈꺼풀이 감겨왔다. 옆을 보니 곰은 진즉에 잠이 든 듯 색색거리며 노곤히 늘어져 있다. 다람쥐 모녀도 곰 무릎 위에서 기분 좋게 새근새근 자고 있다. 평화로운 광경에 나는 또다시 가슴이 뭉클해졌다.

몽실몽실 부드러워 보이는 곰 어깨에 기대고 싶다는 유혹을 가까스로 이겨내며 나는 15분 동안 전철에 몸을 맡겼다. 옆 동네 역에 다다랐을 때 나는 곯아떨어진 곰을 흔들어 깨워 전철에서 내렸다.

개찰구로 향하는 길, 아직 잠이 덜 깬 곰이 비틀비틀 위험하게 걷는 바람에 나는 곰의 손을 꼭 잡고 걸었다.

다람쥐 모녀와는 개찰구를 나오면서 헤어졌다. 아기 다
람쥐는 배웅하는 우리를 향해 단풍잎 같은 손을 하늘하늘
흔들어주었다. 그 모습에 공연히 코끝이 시큰해져 하마터
면 울 뻔했다.

역을 나오니 눈앞에 광장이 펼쳐졌고 한가운데에 커다
란 단풍나무가 서 있었다. 붉게 물든 아름다운 단풍나무에
우리는 무심코 넋을 잃고 바라보았다.

"아름답다, 정말."

"아름답네요, 정말."

우리는 이끌리듯 단풍나무 아래로 향했다. 바로 아래에
서 올려다보니 나무는 생각보다 훨씬 커서 새삼 놀랐다. 목
이 뻐근해질 때까지 올려다본 후에 발치를 내려다보니 낙
엽이 휘황찬란한 양탄자처럼 펼쳐져 있었다.

나는 문득 눈에 띈 예쁜 단풍잎 하나를 주워 주머니에
넣었다. 너무 예뻐서 집에 데려가고 싶었다.

"유리코 씨!"

곰이 불쑥 큰 소리로 나를 불렀다. 깜짝 놀라 곰을 보자
어째서인지 자신만만한 표정을 짓고 있다.

“단풍잎을 가져가고 싶다면 저에게 맡겨주세요!”

“뭘?”

나는 곰이 무슨 말을 하는지 이해할 수 없었다. 맡길 게 뭐 있어, 방금 주웠는데?

“훨씬 예쁜 잎을 드릴게요!”

“나는 방금 주운 걸로 충분해.”

“금방 끝나니까 잠깐만 기다려주세요!”

곰은 내 대답을 귓등으로 듣고는 바람에 나부끼며 춤추는 단풍잎을 쫓기 시작했다.

단풍잎을 쫓는 곰의 댄스는 무려 30분이나 이어졌다. 나는 곰이 단풍잎 춤을 추는 내내 그 모습을 말끄러미 바라보았다.

“많이 기다리셨죠!”

숨을 헐떡이는 곰. 그러나 얼굴은 꽤 만족스러워 보였다. 무한히 춤을 춘 끝에 곰이 얻어낸 단풍잎은 아름답기 그지없었다.

“고마워.”

나는 가방에서 수첩을 꺼낸 다음 곰에게 건네받은 잎을

조심스레 끼워 넣었다.

아무것도 없었다.

곰이 수제 마켓이 열린다고 했던 옆 동네 공원. 우리는 역에서부터 열심히 걸어 공원 입구에 도착했다. 하지만 공원 입구에서 안을 휘 둘러보니 아무것도 없었다.

아니, 아무것도 없다고 하면 거짓말이다. 아주 커다란 미끄럼틀에 그네와 시소 같은 다양한 놀이기구는 물론, 안락해 보이는 나무 벤치에 벽돌로 지은 예쁜 공중화장실과 공원 안쪽의 널따란 잔디 광장도 보인다.

공원은 야구장만큼이나 광활했다. 공놀이를 하는 가족들과 벤치에서 쉬고 있는 할아버지, 강아지와 산책 나온 아주머니 등 공원은 제법 북적였다. 하지만 무언가를 파는 상점은 단 한 곳도 보이지 않았다.

"멋진 공원이네. 그런데……."

"그렇죠? 제가 좋아하는 공원이에요."

곰은 내 말을 자르듯이 말했다.

“안쪽에 잔디밭도 보이고. 그런데…….”

“맞아요! 오늘 같은 날에는 피크닉하기 딱 좋죠! 더군다나…….”

역시 곰은 내 말을 자르듯이 말했다. 약간 답답해진 나는 결국 곰의 말을 끊기로 했다.

“곰아.”

“아, 네.”

“상점이 하나도 없잖아.”

“음, 그건…….”

곰의 눈동자가 허공을 헤매듯 크게 흔들렸다.

“고릴라 씨네 바나나 케이크는?”

그 순간 곰의 눈이 딱 멈추더니 휘둥그레졌다. 입도 덩달아 떡 벌어졌다.

“곰아?”

“미안해요! 날짜를 착각했어요.”

곰은 그렇게 말하고는 대뜸 허리를 깊이 숙였다. 그리고 금방 고개를 들더니 성큼성큼 공원 안쪽을 향해 달리기 시작했다. 물론 두 발로.

곰은 점점 멀어졌다. 대체 어디까지 가려는 걸까. 홀로 남겨진 나는 아무것도 할 수 없어 그저 점점 작아지는 곰의 뒷모습만 하염없이 바라볼 뿐이었다.

"유리코 씨!"

결국 곰은 공원 끝까지 달려갔다. 그리고 공원 끝에 닿자마자 힘차게 손을 흔들며 큰 소리로 내 이름을 불렀다. 공원 안에 내 이름이 울려 퍼졌다.

공원에 있던 사람들의 시선은 일제히 곰을 향했다. 그러고 나서는 당연하다는 듯이 곰이 손을 흔들고 있는 대상인 나에게 호기심 어린 시선을 보냈다. 그 수많은 시선을 견디지 못한 나는 그만 고개를 폭 숙였다. 얼굴이 화끈 달아오르는 게 느껴졌다.

"창피해……."

나는 고개를 숙인 채 종종걸음으로 곰에게 다가갔다.

"미안해요. 수제 마켓은 다음 주예요."

곰이 있는 곳에 도착하자 곰이 미안하다는 듯이 게시판에 단단히 붙어 있는 포스터를 가리켰다. 그 포스터에 적힌 날짜는 곰의 말대로 다음 주였다.

"착각했어요. 죄송해요."

풀이 죽은 곰. 고개를 떨군 모습이 어쩐지 평소보다 훨씬 작아 보였다. 여기까지 걸어오면서 한바탕 잔소리를 퍼부을 생각이었는데 막상 시무룩한 모습을 보니 도저히 화를 낼 수 없었다. 아니, 애초에 별로 화도 나지 않았지만.

"뭐, 그럴 수도 있지. 그나저나 이렇게 멀리 떨어져 있는 포스터 글씨를 어떻게 읽었어? 곰은 시력이 좋아?"

곰이 너무 기가 죽어 있기에 나는 화제를 돌리기로 했다.

"시력이요? 반달곰은 원래 시력이 별로 안 좋아요."

곰은 고개를 들더니 '왜 그런 걸 물어보지?'라는 표정으로 나를 보았다. 눈은 입만큼이나 말을 한다더니 이 곰은 눈보다는 얼굴 전체로 말을 하는 느낌이다. 아니, 그보다 조금 전까지 풀 죽어 있던 얼굴은 어디에 갖다버린 걸까. 나는 속으로 한숨을 내쉬었다.

"그런데 어떻게 이 글씨가 보였어?"

"저는 반달곰치고는 드물게 시력이 좋은가 봐요."

"……아아, 그렇구나."

곰이 너무나 태연하게 말해서 나는 그 이상 아무 말도 할 수 없었다.

"아, 맞다! 근처에 맛있는 백반집이 있어요."

수제 마켓이 다음 주라는 사실을 알게 된 우리는 일단 공원을 빠져나왔다. 그리고 어디로 가면 좋을까 고민하는데 곰이 번뜩 떠올랐다는 듯이 그렇게 말했다. 그 말이 끝나자마자 마치 미리 약속이라도 한 듯 곰의 배에서 꼬르륵 소리가 울렸다.

"배고파?"

"배고파요!"

곰이 힘차게 외쳤다. 이 곰은 정말이지……, 어휴. 나는 어이가 없어 웃음이 터질 뻔했다. 하지만 곧바로 나 역시 배가 고프다는 것을 깨달았고 웃음은 도로 들어갔다. 그러고 보니 우리는 아직 점심을 먹지 않았다.

"그럼 그 가게로 데려다줄래?"

"네, 물론이죠!"

곰은 기쁨을 감추지 못하고 피식 웃었다.

"자, 갑시다! 따라오세요!"

곰이 성큼성큼 앞장서 걷기 시작했다.

가을볕이 와르르 쏟아지는 길을 우리는 저벅저벅, 또박또박 서로 다른 소리를 내며 걸었다. 배는 고팠으나 우리가 만들어내는 발소리의 리듬을 듣다 보니 유달리 즐거웠다.

74

은행나무 가로수길. 샛노란 은행잎이 만들어낸 터널 아래를 걷고 있자니 마치 동화책 속 한 장면에 들어선 듯했다. 노란빛 터널, 곰과의 산책. 그래, 이 노란 시간은 안전하고 평온한 동화책 세상 같다.

나는 곰을 뒤따라 걸으며 그 기념으로 예쁜 은행잎 하나를 주웠다. 물론 곰에게 들키지 않게끔 슬그머니.

"도착했어요!"

곰이 데려간 곳은 은행나무 가로수길에서 조금 벗어난 골목에 있는 작은 백반집이었다. 목재 외벽은 햇볕에 그을려 세월의 무늬가 스며 있었고 건물 외관에서는 오랜 역사가 느껴졌다.

"먼저 들어가세요."

곰은 묵직한 나무 여닫이문을 드르륵 열어젖히고는 나를 먼저 들여보냈다. 가게 안은 기분 좋게 따스했고 맛있는 육수 냄새가 반겨주었다.

곰이 들어와 여닫이문을 닫았다. 그러자 곧바로 희끄무

레한 조리복을 입은 삼색 고양이가 주방에서 나와 우리를 자리로 안내해주었다. 나이는 가늠할 수 없었으나 털에 윤기가 자르르 흐르는 삼색 고양이는 아름답기 그지없었다.

아담한 가게 안에는 테이블이 다섯 개이고 손님은 우리뿐이다.

"여기는 밤에는 선술집이고 낮에는 백반집이에요. 메뉴는 '오늘의 백반' 하나밖에 없지만 아주 맛있어요."

자리에 앉자마자 곰이 싱글싱글 웃으며 알려주었다.

"어머, 무슨 소리야. 암만 칭찬해도 서비스는 없어."

물이 담긴 유리잔 두 개를 쟁반에 담아 가져다주며 삼색 고양이는 딱 잘라 말했지만 입가에는 미소가 번져 있다. 아무래도 곰이 한 말이 기뻤던 모양이다. 꼬리도 뒤에서 좌우로 흔들흔들 크게 움직이고 있다.

오늘은 무슨 메뉴일까. 궁금했던 나는 테이블 주위와 가게 안을 두리번거리며 연신 둘러봤으나 어디에도 적혀 있지 않았다. 가격도 얼마인지 알 수 없었다.

"저, 오늘 메뉴는 뭐예요?"

나는 하는 수 없이 메뉴를 물어보았다.

"오늘은 방어 간장구이랑 무말랭이 그리고 배추 된장국

이야.”

삼색 고양이가 눈을 가늘게 뜨며 답했다.

“맛있겠다! 밥은 곱빼기도 돼요?”

곰이 삼색 고양이를 향해 간절한 눈빛을 보냈다.

“원래는 안 되지만 어쩔 수 없지. 특별히 서비스해줄게.”

삼색 고양이가 해사하게 웃으며 말했다.

“감사합니다!”

곰의 우렁찬 목소리가 가게 안을 뒤흔들었다. 곰은 오늘 가장 밝은 얼굴로 활짝 웃고 있다. 나와 삼색 고양이는 그런 곰을 보고 서로 얼굴을 마주 보며 까르륵 웃었다.

“여기는 엄마의 손맛이라고나 할까요. 어떤 요리건 다정한 맛이 나서 정말 맛있어요.”

삼색 고양이에게 주문한 백반을 기다리고 있는데 곰이 알려주었다. 먹는 걸 좋아하는 곰이 하는 말이니 틀림없을 것이다.

“아, 맞다. 유리코 씨한테 엄마 손맛이란 어떤 건가요?”

곰이 그렇게 물었을 때 나는 그대로 사고가 멈췄다. 물이 담긴 유리잔을 향해 뻗던 오른손이 허공에서 굳어버렸다.

“유리코 씨?”

"아, 미안."

정신을 차린 나는 황급히 유리잔을 들어 물을 홀홀 마셨다. 물을 반쯤 마신 후 나는 웃음으로 적당히 얼버무리려 했다.

"유리코 씨, 괜찮아요?"

"응, 괜찮은데?"

"유리코 씨……, 유리코 씨 엄마랑 사이가 별로 안 좋다거나…… 그런 건가요?"

나는 또다시 웃음으로 얼버무리려 했다. 그러나 그러지 못했다. 왜냐하면 미소를 짓기도 전에 얼굴이 경직된 것을 스스로 깨달았으니까.

"프라이버시를 침해했다면 죄송해요. 근데 그게 좀, 전부터 마음에 걸려서……."

곰의 얼굴을 보았다. 곰은 미안하다는 듯이, 그러나 진지한 얼굴로 나를 보고 있다.

"언제부터?"

"음, 불곰 씨의 비어 가든에 갔다가 돌아오는 길에서부터요."

"그랬구나……."

내 얼굴이 겨울 욕실 바닥처럼 차갑게 식어가는 게 느껴졌다. 그때 역시 숨기지 못했구나. 나는 내가 생각하는 것보다 감정을 잘 못 숨기는 사람일지도 모르겠다. 그렇게 생각하자 나는 아무 말도 할 수 없었다.

"미안해요. 대뜸 이런 걸 물어보면 대답하기 어렵죠? 없던 일로 해주세요."

내 침묵을 견디지 못했는지 곰은 잘못을 비는 사람처럼 말했다. 미간에는 아주 깊은 주름이 잡혀 있다. 그 주름에 동전을 끼워 넣을 수 있을 정도다.

"괜찮아. 말해줄게."

나는 곰의 반응을 기다리지 않고 이야기를 시작하기로 했다. 지금껏 피하려고만 했으나 언젠가는 제대로 정리해야겠다고 생각하던 참이었다. 그리 대단한 이야기는 아니다. 그저 부끄러운 지난 과거의 추억일 뿐이다.

그래, 한심한 추억 같은 것.

나는 아버지에 대한 기억이 없다.

내가 어렸을 때 교통사고로 돌아가셨다고만 들었다. 사진도 거의 남아 있지 않아서 내 머릿속에는 흐릿한 그림자조차 없다.

엄마는 혼자서 나를 키우셨다. 아침부터 밤까지 일하셨지만 생활은 늘 빠듯했다. 어린 나이에도 그런 사정을 알았기에 나는 투정을 부리지 않으려 조심하곤 했다.

갖고 싶은 장난감을 참았다.

갖고 싶은 동화책을 참았다.

갖고 싶은 옷도 참았다.

어린 시절 내내 나는 참고만 살았다. 하지만 힘들다고 생각한 적은 없다. 참고 사는 게 당연한 것처럼 여겨졌으니까.

초등학생이 되자마자 엄마는 나를 학원에 보내주었다. 같은 반 친구가 다니는 걸 보고 부러워만 하던 나는 뛸 듯이 기뻤다. 엄마는 그런 나를 보며 만족스러운 표정을 지었다. 아마 그때부터였을 것이다. 엄마가 나를 대하는 태도가 변하기 시작한 건.

"숙제해라."

"공부해라."

"책 읽어라."

언젠가부터 엄마는 매일매일 잔소리를 하기 시작했다. 학교나 학원 숙제를 모두 끝내도 엄마의 공부하라는 잔소리는 끝날 기미가 없었다. 싫었지만 엄마가 시키는 대로 했다.

내가 초등학교 고학년이 되어도 엄마는 나에게 매일같이 공부하라고 말했다.

"열심히 공부해서 좋은 대학에 가야지."

세뇌당하듯 그런 말을 들으며 나는 하나부터 열까지 엄마가 시키는 대로 했다. 계속 공부만 한 나는 학교에서 언제나 최고 성적을 유지했다. 시험을 치면 여러 번 백 점을 받았고 성적표도 항상 좋았다. 하지만 엄마는 단 한 번도 나를 칭찬하지 않았다.

엄마에게 칭찬받고 싶었다. 하지만 아무리 기대해도 계속해서 같은 말만 돌아왔고, 나는 엄마에게 칭찬받는 것을 포기했다. 그리고 언제부턴가 엄마에게 칭찬받으려면 좋은 대학에 가는 수밖에 없다고 생각하게 되었다.

"고등학교는 여기로 가자."

나의 진로는 엄마가 결정했다. 국립대 진학률이 높은 고등학교였다. 나는 별다른 생각 없이 엄마가 말한 고등학교 입학을 목표로 삼았다. 중학교에서도 성적이 학년 최고였던 나는 지원한 고등학교에 무난히 합격했다.

"다음은 대학 입시네."

고등학교에 합격한 나에게 엄마가 건넨 말은 "축하해"가 아니었다. 그런 엄마를 보고 나는 역시 좋은 대학에 가야 한다고 다시 한번 생각했다.

고등학교에 입학해서도 나는 여전히 공부만 했다. 물론 엄마도 계속 "공부해라"라고 말했다.

매일매일 공부했다. 엄마가 시키는 대로 한다. 그것이 내게는 절대적인 명제였다. 좋은 대학에 들어가서 엄마에게 칭찬받는 것. 그것만이 나의 유일한 목표였다.

"이 대학으로 가자."

대학 진로도 엄마가 결정했다. 엄마가 말한 대학은 유명한 국립대학이었다.

"여기에 입학하면 분명 대기업에 취업할 수 있을 거야."

엄마는 웃는 얼굴로 말했다. 나는 그런 엄마를 보고 고개를 끄덕였다. 이미 안전권에 있는 대학이었기에 이대로 계속 공부하면 합격할 수 있을 것 같았다.

수능 당일, 나는 크게 긴장하지 않고 수능을 치렀다. 그리고 여유롭게 합격했다.

합격 발표는 혼자 보러 갔다. 게시판에서 내 수험 번호를 발견한 순간, 드디어 칭찬받을 수 있겠다는 생각이 들었다. 나는 기뻐서 곧바로 엄마에게 전화를 걸었다.

"그다음은 취업 준비를 해야겠네."

대학에 합격한 나에게 건넨 말은 이번에도 "축하해"가 아니었다. 엄마는 나에게 고생했다는 말도 없이 전화를 끊었다. 그때 내 안에서 무언가가 툭 틀어지는 소리가 들린 것만 같았다.

대학에 입학하자마자 나와 엄마의 관계에 균열이 생겼다. 강의를 다 듣고 집으로 돌아가는 길에 우연히 한 의류 매장 쇼윈도를 본 순간, 나는 그 자리에 그대로 굳어버렸다.

한눈에 반했다.

마네킹이 입은 블라우스, 치마, 가방, 하이힐, 액세서리, 그 모든 게 빛나 보였다. 이렇게 멋지게 차려입고 외출해보고 싶었다. 그리고 곧바로 어렴풋이 유리창에 비친 내 옷차림을 보고 절망했다.

다 해진 니트, 흔해빠진 바지, 허름한 운동화. 나는 어째서 이토록 추레한 몰골로 서 있는 걸까.

나는 근처 현금인출기로 내달렸다. 그리고 어렸을 때부터 쓰지 않고 차곡차곡 모아둔 용돈과 세뱃돈을 뽑아서 다시 의류 매장으로 돌아갔다. 가게에 들어가서도 결심이 흔들리지 않았기에 나는 마네킹이 입은 코디 그대로 구매하고 매장에서 갈아입은 다음 집으로 돌아왔다.

옷을 바꿔 입은 것. 단지 그것만으로 세상이 달리 보였다. 아아, 세상은 이다지도 선명했구나. 그때 처음 깨달았다. 아름다운 세상을 본 나는 다짐했다. 앞으로는 내가 살고 싶은 대로 살아가자고.

옷을 통째로 산 그날부터 나는 엄마와 수시로 다퉜다. 이유는 아주 단순하다. 내가 엄마 말을 따르지 않았기 때문이다.

"절대 그건 인정 못 해!"

취업을 준비하던 시절, 내가 의류 회사에 취업이 결정되었다고 말하자 엄마는 격분했다.

엄마가 바라던 대기업이 아니었기에 분명 반대할 거라 예상했었다. 하지만 내가 하고 싶은 일인 데다 무엇보다 독자적인 브랜드를 가지고 의류 시장에서 존재감을 드러내는 이 기업이라면 분명 나도 함께 성장할 수 있을 거라고 생각했다. 이걸 차근차근 설명하면 엄마도 조금은 이해해줄 거라 믿었는데.

하지만 현실은 호락호락하지 않았다.

"왜 엄마 말을 안 듣는 거야?"

엄마는 내 말에는 귀를 기울이지 않고 몇 번이고 몇 번이고 소리쳤다. 대화가 되지 않아 중간부터 나는 말없이 엄마 말을 듣기만 했다. 하지만 나는 꺾이지 않았다. 꺾일 수 없었다.

"내 인생이니까 내가 하고 싶은 대로 하게 해줘."

몇 번이고 고함을 치는 엄마를 향해 나는 조용히, 그러나 분명히 말했다. 엄마는 내 말을 듣고는 그대로 움직임을 멈췄다. 그리고 곧장 표정을 지웠다.

"그래, 그럼 됐어. 네 마음대로 해."

엄마는 돌연 차분한 목소리로 말했다. 부자연스러울 정도로 핏기가 가시고 파리해진 얼굴에는 마네킹처럼 아무런 표정이 없었다.

"고마워, 엄……."

"대신 지금 당장 나가!"

내가 말을 채 마치기도 전에 엄마는 그렇게 내뱉고는 등을 돌려 안방으로 사라져버렸다.

"엄마?"

나는 흠칫 놀라 뒤쫓아가려 했다. 그러나 엄마는 그조차
도 허락하지 않았다.

"나가라고 했잖아! 엄마 말을 듣지 않을 거라면 이 집에
있을 필요도 없어!"

"뭐? 엄……."

"나가!"

그 후 내가 어떤 말을 해도 "나가!"라는 한마디만 돌아왔
다. 고민했지만 나는 내가 하고 싶은 것을 이루기 위해 집
을 나왔다. 그 뒤로 수년간 고향집에는 가지 않았다.

"어두운 이야기라서 미안해."

이야기를 마치고 곰을 본다. 곰은 훌쩍훌쩍 코를 훌쩍이
면서 울상을 짓고 있다. 너무 심하게 감정이입한 거 아닌가
싶을 정도다.

"유리코 씨가 사과할 일은 아니에요. 이야기해줘서 고마

워요.”

패앵.

곰은 가방에서 휴대용 티슈를 꺼내 코를 풀었다.

“함부로 개인사를 물어서 죄송해요. 하지만 아무래도 마음에 걸려서…….”

“괜찮아. 신경 쓰지 마. 지난 과거일 뿐이니까 뭐.”

유리잔에 남은 물을 마저 마시고 있는데 시선이 느껴졌다. 그 시선의 주인공인 곰을 쳐다보니 어째서인지 여전히 미안해하는 얼굴로 쭈뼛대고 있다.

“왜 그래? 내가 말하고 싶어서 말한 것뿐이니까 신경 쓰지 마.”

내 말에 곰은 고개를 획획 가로저었다.

“모르고 물었다고는 해도 엄마의 손맛을 생각도 없이 가볍게 물어봐서 죄송했어요…….”

정말 신경 쓸 필요 없는데. 내가 말하고 싶어서 이야기한 거니까. 더군다나 막상 이야기하고 보니 나 자신에게 변화가 생겼다. 과거를 떠올리면 느껴지던 답답한 응어리가 아주 조금은 옅어진 것 같은, 그런 기분이 든다.

“정말 네가 미안해할 필요는 없어, 난 괜찮으니까. 그래도…… 음, 굳이 말하자면 닭고기 달걀덮밥이려나, 나에게 엄마 손맛은.”

“닭고기 달걀덮밥이요?”

“응, 닭고기 달걀덮밥. 엄마가 야식으로 자주 만들어줬거든. 이것저것 다양한 음식을 만들어줬지만 닭고기 달걀덮밥이 최고였어.”

“좋네요! 닭고기 달걀덮밥!”

곰은 그렇게 말하고는 불쑥 몸을 앞으로 내밀었다.

“맛있겠다, 닭고기 달걀덮밥. 왠지 저도 먹어보고 싶어졌어요.”

곰은 다시 똑바로 앉고는 싱글벙글 웃으며 천장을 올려다보았다. 분명 머릿속에 닭고기 달걀덮밥을 떠올리고 있으리라. 어쩐지 그 모습이 귀여워서 나는 그만 웃어버렸다.

“자, 오래 기다리셨습니다.”

닭고기 달걀덮밥을 머릿속으로 떠올리는 곰을 바라보고 있는데 삼색 고양이가 두 사람 몫의 백반 정식을 가져다주었다.

“딱 좋은 타이밍이라고 생각했는데, 메뉴가 마음에 들지 모르겠네.”

한없이 천장을 올려다보고 있는 곰을 향해 삼색 고양이가 말했다.

"네? 아! 네! 마음에 들고말고요! 삼색 고양이 씨가 만드는 음식은 정말 다 좋아해요!"

곰은 아주 잠깐 당황했지만 이내 활짝 웃으며 답했다. 너무 웃어서 눈이 가늘어졌다. 정말이지 솔직하다고 해야 할지, 뭐라고 해야 할지…….

"자! 유리코 씨, 식기 전에 얼른 먹어요! 삼색 고양이 씨의 백반은 반찬뿐만 아니라 밥도 맛있답니다!"

곰은 예의 바르게 두 손을 모아 "잘 먹겠습니다" 하고 말하고는 밥을 먹기 시작했다.

"칭찬해봐야 아무것도 안 나온다니까. 음, 그래도 뭐, 밥 더 먹고 싶으면 불러줘."

삼색 고양이는 그렇게 말하고는 기쁜 듯이 꼬리를 꼿꼿이 세운 채 주방으로 돌아갔다. 칭찬해도 아무것도 안 나온다고 하면서도 제대로 서비스해준다. 정말로 귀여운 주인장이다.

문득 내 유리잔을 보니 물이 채워져 있다. 언제 따라준 걸까. 전혀 눈치채지 못했다. 삼색 고양이는 귀여울 뿐만 아니라 접객 수준도 높다.

"그럼 나도 잘 먹겠습니다."

곧바로 흰쌀밥을 한 숟갈 떠서 먹어보았다. 곰이 말한 대로 밥이 달고 참 맛있었다. 모든 음식 맛이 다 다정해서 오장육부에 스며드는 것이 고스란히 느껴졌다. 처음 먹는 데도 다정한 맛에 왠지 모르게 향수 같은 게 일어서 이것이 야말로 엄마의 손맛이라고 생각했다.

엄마의 손맛. 곰과 만나지 않았더라면 생각하지 못했겠지. 삼색 고양이가 내준 음식은 모두 맛있는 데다 엄마의 손맛을 떠올리기에 충분했지만 내게는 진정한 엄마의 손맛이 아니다.

진정한 엄마의 손맛을 만들 수 있는 사람. 그건 당연히 우리 엄마뿐이다. 그런 생각을 하며 밥을 먹다 보니 엄마가 만든 닭고기 달걀덮밥을 좋아했던 기억은 나는데 그 맛은 싹 잊어버렸다는 것을 깨달았다.

엄마의 손맛, 지금까지 잊고 살았던 주제에 이제 와서 그 맛이 궁금해지는 나였다.

달밤의 산책

"달님이 정말 둥그렇네요!"

어스름한 하늘에 뜬 보름달을 올려다보며 곰이 호들갑을 떨었다. 오늘은 중추명월(음력 8월 15일에 뜨는 달. 이날은 달을 보며 경단을 먹는 풍습이 있다―옮긴이). 날씨마저 좋아 구름 한 점 없는 밤하늘에 둥실 떠오른 보름달이 유난히 눈부셨다.

"응, 그러게. 맑아서 다행이야."

"그러게요."

달빛이 비추는 길을 곰과 나란히 걸었다. 우리는 맥주를 마시면서 밤 산책을 즐기는 중이다.

퇴근길. 야근으로 퇴근 시간이 늦어진 터라 오늘은 샛길로 새지 않고 곧장 집으로 가려던 참이었다. 저녁은 컵라면으로 간단하게 때울까 생각하면서 역사를 나서는데 우연히 곰과 마주쳤다.

"아, 유리코 씨! 안녕하세요!"

곰은 오늘 밤도 활기차다.

"응, 안녕. 어디 다녀오는 길이야?"

"아뇨, 달을 구경하고 있었어요."

"달구경?"

되묻고 나서야 오늘 아침 뉴스에서 오늘 밤은 중추명월에 걸맞은 보름달이 뜰 거라고 아나운서 아저씨가 말하던 모습이 떠올랐다. 하늘을 올려다보니 아름다운 달이 떠 있다.

아름답다고 생각하며 바라보고 있는데 시선이 느껴졌다. 시선의 주인공인 곰이 싱글벙글한 얼굴로 나를 쳐다보고 있다.

"유리코 씨, 같이 달구경 하지 않을래요?"

거절당할 거라고는 조금도 의심하지 않는 눈치였다. 곰 얼굴에는 불안한 기색이 한 조각도 없었고 지금 당장이라도 "빨리 가시죠!"라고 말할 것 같은 분위기마저 풍겼다.

"뭐, 상관없지만 목이 좀 마르니까 편의점에서 음료수나……."

내가 말을 다 마치기도 전에 곰이 "자요!"라고 하더니 손에 들린 흰 비닐봉지에서 부스럭거리며 캔맥주 하나를 꺼내 건네주었다. 차가운 500밀리리터짜리 캔맥주는 살짝 땀을 흘리고 있다.

"방금 어쩌다 보니 좀 많이 사버려서요!"

아니, 이건 준비성이 너무 철저하잖아. 어쩌다 보니 맥주를 많이 살 수도 있나? 약간 의아했으나 나는 "고마워"라고 말하며 고분고분 맥주를 건네받았다.

가로등이 띄엄띄엄 서 있는 주택가. 그 사이로 곧게 뻗은 길을 따라 맨션을 향해 걸었다. 달빛 아래 맥주 한 캔을 손에 들고 한가로이 거니는 것은 기분 좋은 일이었다.

"유리코 씨, 오늘도 멋지게 입으셨네요!"

곰이 불쑥 내 옷을 칭찬했다.

오늘은 진갈색의 낙낙한 티셔츠에 연갈색의 도톰한 롱스커트로 가을 분위기를 물씬 내려 했기에 칭찬을 받아서 기뻤다. 하지만 늘 헐렁헐렁 웃어대는 곰이 '오늘도'라고 콕 집어 말하는 것이 얄밉게 느껴졌다. 뭐가 얄미운지는 나도 잘 모르겠지만.

"어쨌거나 난 의류 회사에서 일하니까."

"그렇군요! 그래서 늘 코디를 잘하시는 거군요!"

곰이 눈을 반짝이며 "대단하네요" 하고 찬탄의 말을 덧붙여서 나는 그 시선을 외면한 채 맥주를 목으로 넘겼다.

"그러는 곰이야말로 대단하지. 그림책 작가는 내 주변에 너밖에 없거든."

며칠 전, 곰의 집에서 커피를 마시다가 직업을 물어본 적이 있다. 그랬더니 싱글벙글 웃으면서 그림책 작가라고 답했다. 그림책 작가일 줄은 꿈에도 몰랐지만 방그레 웃는 곰의 얼굴을 보고 있자니 왠지 천직인 것처럼 느껴졌다.

다만 그림책 작가라고는 알려줬지만, 아직 자신이 그린 그림은 보여주지 않았다. 부끄럽다며 다음에 보여주겠다고 요리조리 피하고는 작가명도 비밀에 부쳤다. 물론 검색해 봐도 되겠지만 언젠가 곰에게 직접 듣고 싶다.

"저는 별로 대단한 것이 없는걸요, 뭘. 하지만 계절에 딱 맞는 옷을 척척 소화하는 유리코 씨는 멋지고 대단한 것 같아요!"

“아니, 나도 별로 대단하지 않아…….”

이 곰은 정말이지…… 이런 말을 천연덕스럽게 해서 번번이 사람을 놀라게 한다. 얼굴이 살짝 뜨거워지는 것을 느낀 나는 곰이 눈치채지 못하게끔 자연스레 화제를 바꾸기 위해 머리를 굴렸다. 하지만 아무런 생각도 떠오르지 않아서 “곰아, 한 캔 더”라고 말하며 맥주를 재촉했다.

“네, 여기 있어요!”

둥그런 달빛 아래에서 곰은 상냥한 미소를 지으며 비닐봉지에서 맥주를 꺼내 건네주었다.

“그러고 보니 달에는 토끼가 산다고들 하잖아. 나 어렸을 때는 진짜로 믿었어.”

좀처럼 새로운 화제가 떠오르지 않아서 어쩌나 고민하며 달을 올려다보다가 문득 생각이 났다. 다만 누가 말해줬는지는 기억나지 않았다. 어른이 된 지금은 달의 밝고 어두운 부분 때문임을 알지만, 어렸을 때는 정말로 달에 토끼가 산다고 믿었다.

“달님에 토끼가 산다고요?”

곰은 난생처음 듣는 이야기라는 듯 눈을 반짝였다. 아무래도 들어본 적이 없는 모양이다. 그러고 보니 지역에 따라 조금씩 다르게 보이니까 곰의 고향에서는 토끼가 아닐지도 모르겠다. 뭐, 나도 토끼가 떡방아 찧는 것처럼 보인 적은 단 한 번도 없지만.

“토끼가 사는 게 아니라 달의 곰보 자국 무늬가 떡을 찧는 토끼처럼 보인다는 거야.”

“아! 그렇군요, 달 표면 말이네요. 그러고 보니 할머니한 테서 들은 적 있어요.”

역시 곰이 살았던 곳에도 비슷한 이야기가 있었나 보다.

“제가 어렸을 때는 달에 고래 가족이 산다는 이야기를 많이 들었어요.”

고래 가족이라고? 이건 처음 듣는 이야기다.

“달을 동경해서 하늘을 헤엄쳐 달까지 간 아빠 고래와 그런 아빠를 쫓아간 아기 고래 이야기예요.”

“뭐야 그게, 그렇게 스케일이 큰 이야기였어?”

뜻밖의 장대한 이야기에 나는 그대로 몰입하고 말았다.

“어라, 못 들어보셨어요?”

“응. 처음 들어봐.”

곰은 “정말요?”라며 눈을 끔뻑거렸다. 그렇게까지 놀랄

일인가 싶었으나 그보다 뒷이야기가 궁금했다.

"그래서 그다음 이야기는?"

곰을 재촉하며 뒷이야기를 기다렸다. 하지만 곰은 하늘을 올려다보며 "그게……"라고 말한 뒤 그대로 굳어버렸다. 발걸음도 멈춘 채 기둥처럼 꿈쩍도 하지 않는다. 나도 멈춰서서 곰을 빤히 바라보았다.

2분쯤 지났을까. 곰이 고장 난 로봇처럼 목을 삐걱삐걱 움직여 나를 보더니 웅얼거렸다.

"그게, 까먹었어요……."

한숨이 절로 나왔다. 엉겁결에 "그런 건 까먹지 말라고!" 하고 소리칠 뻔했으나 간신히 그 말을 꿀꺽 삼키고는 "갑자기 굳어버리기에 그런 줄 알았어……"라는 말만 내뱉었다. 곰은 움츠러들며 조그맣게 "죄송해요……"라고 사과했다.

"그게, 아빠 고래랑 아기 고래가 있었다는 건 기억나는데 어떤 이야기였는지는 잘 떠오르지 않아서요……. 모험하는 이야기였던 것 같은데, 죄송해요……."

곰이 금방이라도 울 것 같은 표정을 짓기에 나는 곰의 어깨를 다정하게 도닥여주었다. 밤길에 토옥 하는 가벼운 소리가 울려 퍼졌다.

그렇게 밤바람을 즐기며 하염없이 걷다 보니 맨션에 다다랐다. 맨션 앞 화단은 돌보는 사람이 아무도 없어서 여전히 온갖 잡초가 무질서하게 자라 있다. 보기에는 좋지 않아도 가을벌레에게는 좋은 보금자리가 되는지 화단에서 가을벌레 울음소리가 기분 좋게 울려 퍼지고 있다.

"귀뚜라미 날갯짓 소리를 들으면 왠지 마음이 편안해지죠?"

화단을 바라보는 내 시선을 알아챘는지 곰 역시 화단을 응시했다. 곰 목소리에 벌레들이 잠시 연주를 멈추는가 싶더니 이내 아무 일도 없었다는 듯 다시 연주가 이어졌다.

"응, 하염없이 듣고 싶어."

목소리를 낮추어 말했는데도 내가 말을 마치자마자 벌레들이 또다시 연주를 잠시 중단했다. 나와 곰은 서로 얼굴을 마주 보고 쓴웃음을 지으며 묵묵히 그들의 연주를 즐기기로 했다.

"조금 있다가 저녁 같이 먹을래요? 버섯 솥밥을 좀 많이 만들어서……."

곰이 아주 작은 목소리로 권했다. 벌레들은 여전히 연주 중이다.

“그래도 돼? 그럼 얻어먹어볼까?”

“야호! ……아.”

곰이 탄성을 지르는 바람에 벌레들의 연주가 또다시 멈추었다. 마치 곰 얼굴에 ‘망했다’라는 글씨가 커다랗게 쓰여 있는 듯해서 나도 모르게 웃음이 터져버렸다.

“맞다, 유리코 씨. 사과드릴 일이 하나 있어요.”

쑥스러워하던 곰이 불쑥 무언가 생각났는지 풀 죽은 표정을 지었다.

“사과할 일이라고?”

“실은, 달맞이 경단을 깜빡했지 뭐예요…….”

곰은 “이런 실수를 할 줄이야……” 하고 꿍얼거리며 고개를 떨궜다. 그런 일로 사과할 필요는 없는데. 나는 참지 못하고 후후후 웃어버렸다.

“그런 걸로 사과할 필요는 없어. 달맞이 경단은 다음 달맞이를 위한 즐거움으로 남겨두자.”

내 말을 듣자 곰의 얼굴이 활짝 밝아졌다.

“그렇군요! 그렇게 해요!”

방글방글 웃는 곰. 달빛을 받아서인지 평소보다 조금 더 귀여워 보였다. 야근은 싫지만 결과적으로 멋진 달맞이를

하게 되었으니 오늘은 야근하길 잘했다고 곰을 바라보며

생각했다.

하게 되었으니 오늘은 야근하길 잘했다고 곰을 바라보며

생각했다.

혼자보다는 둘

♫♪

"전골 하면 역시 김치 전골이 최고지."

나는 지금 마트에 있다. 그리고 오른손에는 김치 전골 육수가 들려 있다. 물을 섞을 필요 없이 바로 그릇에 부어서 끓이면 된다. 내가 그걸 곰이 들고 있는 마트 바구니에 넣으려는데 곰이 아까부터 못 넣게 막아선다.

"아니죠. 전골 하면 당연히 닭고기 육수죠."

곰은 그렇게 말하면서 진열대에 주욱 줄지어 있는 닭고기 육수를 집으려 했다. 하지만 나는 단박에 손을 뻗어 저지했다. 농구 만화를 보며 갈고닦은 수비 실력이 설마 이런 곳에서 발휘될 줄은 꿈에도 몰랐다.

"왜 방해하는 거야!"

"그건 유리코 씨도 마찬가지잖아요!"

다른 손님들에게 피해가 가지 않도록 이따금 주위를 살
피면서 우리는 자그마치 5분째 실랑이를 벌이고 있다.

"유리코 씨! 오늘 저녁에 같이 전골 먹는 거 어때요?"

11월 중순의 어느 맑은 토요일. 해거름에 라디오를 들
으며 느긋하게 홍차를 마시고 있는데 불쑥 곰이 찾아왔다.
저녁 메뉴를 아직 정하지 않았던 터라 나는 단박에 전골을
먹기로 했다.

"좋아, 나 전골 좋아하거든."

"야호!"

곰은 방긋방긋 웃으며 기쁜 듯이 두 팔을 번쩍 들어 올
렸다. 함께 전골을 먹는 것만으로 이렇게 기뻐하다니, 나는
공연히 쑥스러워졌다.

"그나저나 갑자기 웬 전골이야?"

문득 궁금해져서 물었다.

"실은요, 날씨가 추워져서 슬슬 겨울잠을 잘까 생각 중

이거든요. 그래서 겨울잠을 자기 전에 유리코 씨와 전골을
먹고 싶었어요.”

어째서인지 곰은 가슴을 쫙 펴고 자랑스럽게 말했다. 그
렇구나, 반달곰은 겨울이 되면 겨울잠을 자는구나. 당연한
일인데도 나는 까마득하게 잊고 있었다.

“음, 그러면 오늘은 큰맘 먹고 호화로운 전골을 해 먹
자.”

“정말요? 신난다!”

곰이 눈을 가늘게 뜨고는 방방 뛰며 기뻐했다. 곰이 뛸
때마다 맨션이 살짝 흔들렸다.

“너 때문에 건물이 흔들리잖아. 좀 진정해. 그럼 같이 장
보러 가볼까? 10분만 기다려줘. 바로 준비할게.”

“알겠어요! 아래층에서 얌전히 기다릴게요!”

곰은 말이 끝나기 무섭게 헐레벌떡 계단을 내려갔다. 꼭
어린애 같다. 그런 곰을 보며 나는 절로 웃음이 났다.

물로 연하게 푼 듯한 옅은 하늘색 하늘 아래, 우리는 인
근 마트를 향해 걸었다.

“바구니는 제가 들게요.”

마트에 도착한 후 내가 바구니를 들려 하자 곰이 방긋 웃으며 말했다. 나는 기쁜 마음으로 순순히 바구니를 곰에게 건넸다.

우선 채소 코너로 가서 배추와 무, 당근을 바구니에 담았다. 그런데 통로에 설치된 전골 육수 특별 코너에서 문제가 발생했다.

나는 김치 전골 육수를, 곰은 닭고기 육수를 집으려 했기 때문이다. 우리는 서로 다른 전골 육수를 집으려 한다는 사실을 알아차리고는 지금까지 대치 중이다.

"유리코 씨, 무 샀잖아요? 무에는 단연 닭고기 육수죠!"

"아니거든. 무는 김치 전골에도 잘 어울려. 더군다나 배추는 김치 전골에 빼놓을 수 없는 재료고."

어른스럽지 못한 행동이라는 건 스스로 잘 알고 있다. 하지만 오늘 밤에는 꼭 김치 전골을 먹고 싶었기에 호락호락 물러설 수 없었다. 곰 역시 마찬가지일 것이다. 이렇게까지 고집을 부리는 건 처음 있는 일이니까.

이대로라면 평행선만 달릴 텐데 어쩐담. 그렇게 생각했을 때였다.

"엄마, 오늘은 토마토 전골 먹고 싶어!"

가까이에서 귀여운 여자아이 목소리가 들려왔다. 목소리가 들린 쪽을 보니 다섯 살쯤 된 여자아이가 이쪽을 향해 걸어오고 있다. 양 갈래로 땋은 머리가 잘 어울리는 아주 귀여운 아이였다. 그 아이 옆에는 카트 위에 바구니를 얹은 엄마가 있었다.

"토마토 전골 정말 좋아하네. 좋아, 오늘 밤은 토마토 전골로 하자. 전골 육수 가져올래?"

"신난다!"

여자아이는 함박웃음을 지으며 이쪽으로 달려오더니 토마토 육수를 집어 들고 다시 엄마에게 달려갔다.

"전골 다 먹으면 오므라이스 먹고 싶어!"

"그래, 마무리는 오므라이스로 하자. 그럼 이따가 달걀도 사러 갈까?"

여자아이와 엄마는 다정한 대화를 나누며 정육 코너로 향했다.

평화로운 모녀의 모습을 보고 있자니 신기하게도 김치 전골을 먹고 싶다는 기분이 싹 가셨다. 그 대신 다른 전골이 먹고 싶어졌다.

"있잖아, 나 오늘은 김치 전골 말고 다른 게 먹고 싶어."

나는 정육 코너로 향하는 모녀를 보며 곰에게 말했다.

"이런, 저도 지금은 닭고기 전골이 별로 안 당겨요."

곰도 정육 코너로 향하는 그녀들을 보며 말했다.

"있잖아, 나 실은 토마토 전골을 먹어본 적이 없어."

"이런, 저도 그래요."

우리는 얼굴을 마주 보고는 왁자하게 웃음을 터뜨렸다.

결국 바구니에는 토마토 전골 육수를 넣었다. 물론 오늘 밤 마무리 메뉴는 오므라이스로 결정되었다.

"있잖아, 겨울잠은 언제 잘 거야?"

계산대로 향하며 곰에게 물었다.

"다음 주쯤에는 자려고요. 아직 정확한 날짜를 정하지는 않았지만 요즘 너무 졸려서요."

곰은 머릿속으로 달력을 떠올리는지 오른쪽 위의 대각선 방향을 하염없이 바라보고 있다.

"저녁 메뉴로 연거푸 전골을 먹는 거에 대해서 곰은 어떻게 생각해? 싫어?"

"전혀요! 전골을 아주 좋아하거든요!"

"그럼 내일은 김치 전골, 모레는 닭고기 전골, 어때?"

"정말요? 유리코 씨는 괜찮아요?"

"물론이지."

"신난다!"

"잠깐 기다려봐."

나는 기뻐하는 곰을 마트 통로에 그대로 세워두고 전골 육수를 가지러 갔다.

오늘 밤은 토마토 전골을 먹고 싶었다. 하지만 역시 김치 전골도 먹고 싶다. 물론 곰이 겨울잠에 들기 전에 닭고기 전골도 함께 먹고 싶고.

두 가지 전골 육수를 들고 돌아왔는데 곰이 어디 갔는지 보이지 않았다. 어디로 간 걸까. 주위를 둘러보고 있는데 곰이 카트를 밀며 나타났다. 가득 찬 바구니를 아래에 내려놓고, 빈 바구니를 위에 올려두었다.

"전골을 세 번 연속으로 먹으려면 아무래도 재료가 좀 더 필요할 것 같아서요."

싱글벙글 웃으며 곰이 말했다.

"그렇네. 마트에 온 김에 다 사 가자!"

우리는 채소 코너로 돌아갔다.

세 번 연속으로 먹을 전골 재료를 사서 그런지 꽤 큰 금액이 찍혔다. 나는 결제 금액을 보고 깜짝 놀라 그 자리에 꽁꽁 얼어붙었다. 옆을 보니 곰도 눈이 휘둥그레진 채 그대로 굳어 있다. 돈은 곰과 반씩 나눠 냈지만 만만치 않은 지출이었다.

"마트에서 이렇게 큰돈을 쓴 건 처음이에요……."

"이런, 나도 그래……."

"장바구니가 이렇게 무거운 것도 처음이에요……."

"이런, 나도 그래……."

"아무리 세 번 연속으로 먹을 전골 재료라지만 신나서 너무 많이 사버린 것 같아요……."

"이런, 나도 그래……."

양손 가득 묵직한 장바구니를 들고 집으로 돌아오는 길, 우리는 한꺼번에 장을 본 걸 조금 후회했다.

전골은 위대하다. 사흘 연속으로 먹어도 물리는 일 없이 맛있게 먹을 수 있으니까.

토마토 전골, 김치 전골, 닭고기 전골. 마무리 메뉴는 각각 오므라이스, 김치 죽, 닭고기 죽이었다. 나는 사흘간 저녁때가 되면 곰 집으로 내려가서 전골을 먹었다.

"사흘간 일 년 치 전골을 한꺼번에 다 먹은 기분이에요."

식후에 곰이 따뜻한 차를 내오며 그렇게 말했다. 눈앞의 찻잔에서 은은한 녹차 향이 풍겼다.

"그러게, 당분간 전골은 쳐다도 안 볼 것 같아."

후우 하고 차를 불어 조금 식혔다. 과식했는지 약간 배탈이 난 것 같다.

"그래도 혼자 먹는 전골보다 둘이 먹는 전골이 훨씬 더 맛있네요."

곰은 두 손으로 찻잔을 소중하게 매만지며 그렇게 말하고는 후룩 하고 차를 마셨다.

"그러게."

나도 진심으로 그렇게 생각한다.

혼자서 전골을 먹을 때도 있다. 아니, 오히려 혼자서 먹는 날이 더 많다. 숭덩숭덩 썬 재료를 냄비에 담고 보글보글 끓이기만 하면 되니까 아주 간단한 데다 맛있다. 설거짓거리도 적으니 그야말로 최고다. 여태껏 전골은 혼자 먹건 함께 먹건 똑같다고 생각했다.

하지만 곰과 함께 먹으면서 깨달았다. 혼자 먹는 전골도 맛있지만 누군가와 함께 먹는 전골은 더 맛있다는 걸. 앞으로 혼자 전골을 먹을 때면 분명 아쉬움이 남겠지. 그렇게 생각하니 아주 조금 슬퍼졌다.

따뜻한 차를 마시자 기분 좋은 졸음이 쏟아졌다. 어째서 배가 부르면 졸리는 걸까. 생물이니 어쩔 수 없는 일일지도 모르겠다.

"이거 받으세요."

내가 꾸벅꾸벅 졸고 있는데 곰이 포장된 작은 상자를 내밀었다. 조그만 빨간 리본이 달린 귀여운 포장이었다.

"이게 뭐야? 오늘은 내 생일도 아닌데?"

오늘은 내 생일이 아니다. 애당초 내 생일을 밝힌 적도 없다.

"크리스마스 선물이에요."

곰은 어째서인지 기쁜 듯 눈을 가늘게 뜨고 귀를 쫑긋거렸다. 그 모습이 귀여워서 가만히 바라보았지만 여전히 의문은 풀리지 않았다.

"오늘 몇 월이야?"

"11월인데요."

"크리스마스는 12월인데?"

"그게요, 크리스마스엔 제가 겨울잠을 자고 있을 테니까 미리 드리는 거예요."

흐흠 하고 곰이 가슴을 펴며 득의양양한 얼굴을 한다. 행동은 아주 신사적인데도 이런 모습은 꼭 어린아이 같다.

"아하, 그런 거였구나. 고마워. 안에 뭐야?"

"목도리예요! 아……."

맑은 날의 태양처럼 경쾌한 미소로 답하나 싶더니 대번에 낯빛이 어두워졌다. 곰은 시무룩해지더니 고개를 푹 숙이고 점점 움츠러들었다. 변화무쌍해서 마치 산속 날씨 같았다.

"왜 그래?"

"안에 뭐가 들었는지는 비밀이라고 말하고 싶었는데, 깜빡했어요……."

곰의 대답을 듣고 나는 그만 웃어버렸다. 시무룩해지는 이유가 너무 귀엽다. 하지만 그런 걸로 일일이 풀 죽지 않아도 되는데. 이렇게 생각했다.

"집에서 잔뜩 기대하며 열어볼게. 어떤 색상인지는 열어봐야 알 수 있겠네."

내가 그렇게 말하자 곰은 꿈틀꿈틀 원래대로 돌아오더니, 싱글벙글 웃기 시작했다. 참 단순한 곰이다.

"다음은 이거예요!"

기운을 차린 곰이 이번에 내민 건 엽서였다. '근하신년'이라는 글씨가 커다랗고 힘차게 적혀 있다. 이번에는 묻지 않아도 바로 알 수 있었다.

"연하장이에요!"

묻지도 않았는데 곰은 신나게 대답했다. 역시 연하장이었다. 여전히 곰은 싱글벙글 웃고 있다. 당장이라도 "새해 복 많이 받으세요!"라고 말할 것만 같다.

"아직 11월인데 말이지."

"알고 있어요. 하지만 설날에는 겨울잠을 자는 중이잖아요. 직접 전하고 싶었단 말이에요."

곰이 건넨 연하장에는 커다란 곰이 그려져 있다. 수묵화처럼 붓으로 그려진 멋진 곰이다. 마치 내년이 곰의 해인 듯 웅장했다.

"십이간지 중에 곰이 있던가?"

“곰은 없어요. 곰도 십이간지 경주에 참가했는데 집이 너무 멀어서 제때 도착하지 못했대요.”

“그래? 그 얘기는 처음 들었어.”

“산속에서는 꽤 유명한 이야기예요. 진짠지 아닌지는 모르지만요.”

곰은 여전히 방긋 웃고 있다. 연하장 속 곰과 달리 너무나 귀엽다.

“연하장, 나도 쓸게.”

“정말요? 고마워요! 우리 집 우편함에 넣어주세요!”

곰은 기쁜 듯 말하고는 차를 후룩후룩 소리 내어 마시고 잔을 비웠다.

“차 한 잔 더 드릴까요?”

“응, 마실래.”

나도 차를 다 마시고 빈 찻잔을 내밀자 곰은 들뜬 발걸음으로 다시 차를 우리러 갔다.

“이거 받으세요.”

곰은 차를 가져다준 후 이번에는 내 손보다 조금 더 큰 봉투를 건넸다. 살짝 회색빛이 도는 탄탄한 종이봉투였는데 정말 근사했다.

"이번에는 또 뭐야?"

"가토 쇼콜라예요."

"가토 쇼콜라?"

"화이트데이 답례예요!"

곰은 이번에도 방긋방긋 웃고 있다. 그러고 보니 곰은 전골을 다 먹고 나서부터 계속 싱글벙글 웃고 있다. 웃는 얼굴에 미안하게도 내 머릿속에는 물음표가 잔뜩 떠올랐다.

"나 밸런타인데이에 초콜릿 안 줬는데? 게다가 아직 한참 멀었고."

"밸런타인데이에도 화이트데이에도 겨울잠을 자고 있을 테니, 미리 드리는 게 좋을 것 같아서요."

곰이 방긋 웃으며 말했다. 줄곧 생글생글 웃고 있는 곰을 보고 있자니 '장난기'라는 이름의 충동이 빠끔 얼굴을 내밀며 나를 구슬렸다. 곰에게는 미안하지만 괜히 장난을 치고 싶어졌다.

"나 밸런타인데이에 너한테 초콜릿 주겠다고 말한 적이 없는데?"

나는 진지한 표정으로 곰에게 말한다. 그러자 곰의 얼굴이 그대로 굳어버린다. 마치 일시 정지 버튼을 누른 것처럼 딱. 눈조차 깜빡이지 않는다.

굳어버린 곰을 지켜보는데 점점 얼굴에 그늘이 지기 시작했다. 그리고 마지막에는 풀썩 하고 테이블에 푹 엎드리고 말았다.

"죄송해요. 멋대로 받을 수 있을 거라 착각했어요……."

금방이라도 왁 울음을 터뜨릴 것 같은 목소리였다. 예상 외로 풀이 죽은 모습에 장난이 약간 지나쳤나 싶었다.

"농담이야, 농담. 나도 뭔가 준비할 테니까 이건 고맙게 받을게."

"정말요?"

곰은 벌떡 일어나 다시 방긋방긋 웃기 시작했다. 안도해서 그런지 살짝 힘이 빠진 얼굴이었다.

"밸런타인데이 때는 어쩌지? 우편함에 넣어두면 될까?"

"네!"

오늘 들은 말 중에 가장 큰 목소리로 대답했다.

"겨울잠은 언제부터 잘 거야?"

본격적으로 졸음이 몰려왔다. 졸려서 그만 집에 갈까 싶었는데 문득 곰이 곧 겨울잠을 잘 거라는 말이 떠올랐다. 나와 달리 곰은 긴긴 잠을 잔다.

"전골도 잔뜩 먹은 김에 내일부터 자려고요."

곰이 멍하니 천장을 올려다보며 말한다. 이끌리듯 나도 천장을 올려다본다. 당연히 천장에는 아무것도 없다.

"있잖아, 겨울잠은 어떤 느낌이야?"

"어떤 느낌이냐면…… 긴 시간 푹 자는 감각이에요. 중간에 깨는 일은 없어요. 잠들었다 일어나면 봄이 와 있죠."

"자고 일어나면 봄이라……."

나는 천장을 올려다본 채 상상해보았다. 피곤할 때 깊이 잠들었다가 눈떠보면 해가 중천에 떠 있는 경우가 있다. 그런 감각이려나.

정신을 차려보니 봄. 깨어났더니 추위는 사라지고 따뜻한 데다 거리를 폭신하게 덮었던 낙엽은 없어지고 새로이 초록빛으로 물들어 있다니. 어쩐지 신기한 느낌이다. 나는 천장에서 눈을 돌려 다시 곰을 바라보았다.

"언제 깨어나는 거야?"

"따뜻해지면요. 아마 4월쯤일 거예요."

곰은 아직도 천장을 응시하고 있다.

"그렇구나. 한동안 쓸쓸하겠네."

솔직한 마음이 불쑥 튀어나왔다.

"그래도 저는 같은 맨션에 있잖아요."

곰이 나를 보며 말한다. 해님처럼 방긋 웃고 있다. 곰의
미소를 보니 마음이 데워져서 외로움이 조금 옅어졌다.

"하긴, 그건 그렇네⋯⋯. 아, 맞다. 봄이 되면 하고 싶은
거 있어?"

"글쎄요⋯⋯. 아, 두 개 있어요."

"두 개?"

"하나는 꽃구경 가는 거요."

곰이 얼굴을 살짝 풀면서 말했다. 온몸에서 포근한 기운
이 퐁퐁 뿜어져 나왔다. 분명 머릿속은 봄으로 가득 차 있
으리라.

"도시락 싸서 벚나무 아래로 꽃구경 가고 싶어요."

곰은 눈을 가늘게 뜨며 말했다. 그런 곰을 보며 꽃구경
하는 모습을 상상하니 나도 함께 가고 싶어졌다.

"그거 좋네. 꼭 가자. 이왕이면 커피랑 케이크도 들고."

"좋은 생각이에요!"

곰이 눈을 반짝이는 바람에 괜히 나까지 두근두근 설레

기 시작했다.

"또 다른 하나는 뭐야?"

"그게요……, 닭고기 달걀덮밥을 먹어보고 싶어요."

"닭고기 달걀덮밥?"

나는 무심코 고개를 갸웃했다.

"어딘가 그리운 맛이 나는 맛있는 닭고기 달걀덮밥을 유리코 씨와 함께 먹으면 좋을 것 같아서요……."

그 말에 나는 그만 고개를 숙여버렸다. 쑥스럽다고 해야 할까, 부끄럽다고 해야 할까……. 하여간 앞을 똑바로 볼 수 없었다.

엄마의 손맛. 실은 나도 최근 들어 오랜만에 먹고 싶다는 마음이 조금씩 움트던 참이었다.

"응…… 기회가 되면."

조금 불퉁스러운 어조로 말해버렸다.

"네, 물론이에요. 기분 내킬 때 같이 가요."

곰과 나는 서로 얼굴을 마주 보며 후후후 웃었다.

"슬슬 올라가 볼게."

시계를 보니 날짜가 바뀌기 직전이었기에 집으로 돌아

가기로 했다. 집에 가서 목욕하면 그대로 잠들 것만 같다.

"아, 시간이 벌써 이렇게 됐네요!"

곰은 시계를 보더니 화들짝 놀랐다. 눈이 동그래진 곰의 얼굴은 봐도 봐도 질리지 않는구나. 새삼 그렇게 생각했다. 표정이 이리저리 자주 바뀐다.

나는 곰에게 받은 선물과 연하장, 가토 쇼콜라가 든 종이봉투를 챙겨 현관으로 향했다. 신발을 꿰신고 현관문을 열자 차가운 공기가 훅 끼쳤다.

"덕분에 즐거웠어."

"뭘요, 천만에요. 유리코 씨, 잘 자요."

"너도 잘 자."

그렇게 말하고 돌아서려는데 문득 중요한 게 떠올랐다. 나는 곰을 향해 몸을 돌렸다.

"올해는 정말 고마웠어. 새해 복 많이 받아."

살짝, 아니, 꽤 이르지만 당분간 만나지 못할 테니 미리 말해두고 싶었다. 곰은 잠시 놀란 표정을 지었으나 이내 기쁜 얼굴로 방긋 웃었다.

"저야말로 고마웠어요. 유리코 씨도 새해 복 많이 받으세요."

곰은 그렇게 말하고는 싱긋 웃으며 배웅해주었다.

집으로 돌아오자마자 곧장 욕조에 물을 받았다.

욕조에 몸을 담근 채 곰에게 줄 크리스마스 선물과 밸런타인데이 선물을 고민했다. 뭐가 좋을까. 아직 시간 여유가 있으니 찬찬히 고민하면 되겠지. 그나저나 11월에 "새해 복 많이 받으세요"라는 말을 하게 될 줄이야. 왠지 좀 신기한 기분이 든다.

목욕을 마친 뒤, 곰에게 받은 크리스마스 선물을 열어보았다. 상자 안에는 털실로 짠 빨간색 목도리가 들어 있었다. 짙은 붉은빛에 감촉이 보드랍고 무늬가 없어서 성숙한 분위기였기에 어떤 옷에도 잘 어울릴 것 같았다. 나는 목도리를 조심스레 개어 테이블 위에 올려두었다.

양치를 하기 전에 곰이 준 가토 쇼콜라를 조금만 맛보기로 했다. 진한 달콤함 속에 살짝 쌉싸래한 맛이 입안 가득 퍼졌다.

"여태껏 혼자 먹건 함께 먹건

똑같다고 생각했다.

하지만 곰과 함께 먹으며 깨달았다.

누군가와 함께 먹는 전골이

훨씬 더 맛있다는 걸."

무언가 부족한 겨울

"무언가 부족하네……."

아차차, 또 말해버렸다. 일요일 늦은 오후 편의점에서 사 온 푸딩을 먹다 무심코 혼잣말이 새어 나왔다.

푸딩 맛이 부족하다는 뜻은 아니다. 충분히 맛있다. 그런데도 무언가 부족하다. 물론 그 정체가 무엇인지는 이미 알고 있다. 다만 그것을 안다고 해도 어떻게 할 수 없다는 사실 또한 잘 알고 있다.

모처럼 휴일인데 집에 있어도 왠지 마음이 편치 않다. 고민 끝에 나는 코트를 걸치고 집을 나섰다. 물론 곰이 선물해준 목도리를 두르고서.

맨션 계단을 내려가니 곰이 사는 집이 보였다. 문에는 '동면 중'이라고 적힌 팻말이 걸려 있다. 곰이 겨울잠을 잘 거라고 말한 이튿날부터 문에 걸려 있었는데, '영업 중'이나 '준비 중'처럼 마치 가게 입구에나 걸려 있을 법한 팻말이다.

"다녀오겠습니다."

나는 팻말을 향해 나직이 중얼거리고는 산책을 나섰다.

오늘은 어디로 가볼까. 요즘은 특별한 목적지도 없이 발길 닿는 대로 걷는 편이다.

며칠 전에는 옆 동네에서 열린 수제 마켓에 다녀왔다. 곰이 날짜를 착각했던 바로 그 수제 마켓이 12월에도 열렸다.

공원 안은 포장마차와 푸드트럭, 돗자리를 펼친 상점들이 가득했다.

시바견의 군고구마 가게, 코끼리의 인도 커리 가게, 수염을 기른 할아버지의 잡화점, 두루미의 유리 공예점도 있었다. 다양한 가게들이 모여 있어서 그런지 추운 날씨에도 즐거운 공기로 가득 차 있었다.

출출했던 나는 시바견 가게에서 군고구마 두 개를 샀다.

"저희 군고구마는 식어도 맛있답니다. 물론 알루미늄 포일로 싸서 토스터에 넣어 살짝 데우면 더 맛있고요."

군고구마를 내밀며 시바견이 친절하게 알려주었다. 초록색 야구 점퍼를 입고 두 발로 늠름하게 서 있는 시바견. 그 모습이 제법 멋져서 순간 넋을 잃고 바라볼 뻔했다.

"다음에 또 찾아주세요."

꾸벅 고개 숙여 인사하는 시바견을 뒤로하고 나는 다시 걸음을 옮겼다.

달짝지근하고 따끈따끈한 군고구마를 오물거리며 천천히 공원을 거닐었다. 군고구마는 정말 맛있었다. 분명 또 생각날 맛이다. 몸속에서 따뜻한 기운이 뿜어져 나와 추위도 어느새 스르르 잊혔다.

이런 곳에 오면 공연히 무언가 사 들고 돌아가고 싶어진다. 멋진 만남은 어디에 있을까, 그런 생각을 하며 걸었다.

10분가량 어슬렁거리다가 눈길을 끄는 간판을 발견했다. 산양의 가방 가게 옆에 작은 푸드트럭이 서 있었는데 그 앞에 '고릴라의 케이크'라고 적힌 간판이 세워져 있었다.

"어서 오세요."

좁은 노란 푸드트럭 안에 건장한 체격의 고릴라가 응송 그리고 앉아 있었다. 어쩌면 이곳이 곰이 말했던 그 고릴라 씨의 가게일지도 모르겠다.

"저, 추천 메뉴는 뭔가요?"

아니면 어쩌나 하는 생각도 스쳤지만 나는 용기 내어 물어보았다.

"이 바나나 케이크입니다. 정말 맛있답니다."

고릴라 씨가 환히 웃으며 먹음직스러운 파운드케이크를 내보였다. 응, 틀림없다. 곰이 말했던 바로 그 가게다.

"그럼 바나나 케이크 하나 주세요."

나는 궁금했던 바나나 케이크를 살 수 있게 되어 만족스러웠다. 그러자 무언가 사고 싶다는 욕구가 스르르 작아지더니 타악 하고 소리를 내며 사라졌다.

바나나 케이크를 건네받을 때 고릴라 씨가 푸드트럭 천장에 머리를 부딪히는 모습이 눈에 들어왔다. 차 전체가 덜컹 흔들렸다. 좀 더 큰 차로 바꾸면 좋을 텐데. 무심코 그렇게 말하고 싶었지만 나는 두말하지 않고 케이크만 받았다. 이럴 때 곰이 옆에 있었다면 같이 웃으며 얘기할 수 있었을 텐데.

나는 군고구마와 바나나 케이크를 들고 공원을 나섰다.

지난주에는 삼색 고양이 백반집에 점심을 먹으러 갔다. 물론 혼자서.

"그렇구나. 걔는 겨울잠을 잘 시기네."

삼색 고양이는 가게에 들어선 나를 보자마자 '아하, 그렇지' 하고 혼자 납득하듯 고개를 주억거렸다.

"걔는 언제나 봄처럼 밝으니까, 겨울에도 겨울잠을 잘 것 같지 않아."

삼색 고양이는 그렇게 말하고는 해죽 웃었다.

"맞아요. 저도 왠지 이상한 기분이에요. 겨울잠을 잔다고 하고는 실은 몰래 깨어 있는 게 아닐까 싶기도 하고요."

"그렇지? 나도 그렇게 생각했어."

우리는 서로 얼굴을 마주 보며 너털웃음을 터뜨렸다.

오늘의 메뉴는 생강구이 정식이었다. 너무 맛있어서 밥을 한 번 더 시켰다.

밥을 다 먹고 삼색 고양이와 한담을 나누다 보니 어느새 해 질 녘이 되어 있었다. 삼색 고양이네만 오면 마음이 편안해져서 걸핏하면 오래 머물게 된다.

"얼른 봄이 오면 좋겠어."

가게를 나설 때 삼색 고양이가 말했다.

"그러게요."

나도 진심으로 그렇게 생각했다.

"언제든지 와. 난 겨울잠을 안 자니까."

그렇게 말하는 삼색 고양이의 눈빛이 아주 다정했다.

"네."

나는 이곳 음식이 왜 이다지도 포근한 맛이 나는지 알 것도 같았다. 삼색 고양이의 살가움이 찬찬히 가슴에 스며들었다.

수제 마켓에서도 삼색 고양이의 백반집에서도 멋진 시간을 보냈다. 시바견의 말대로 군고구마는 식어도 맛있었고, 고릴라 씨가 만든 바나나 케이크도 물론 맛있었다. 바나나 케이크는 폭신하고 촉촉해서 또 먹고 싶다는 생각이 절로 들었다.

삼색 고양이와도 제법 가까워졌고 요즘에는 좋은 일만 생긴다. 그런데도 뭔가 부족하다.

겨울은 원래 소슬한 계절이라 더 그렇게 느끼는 걸지도

모르겠다.

"아, 맞다. 곰한테 줄 크리스마스 선물을 사야지."

나는 정작 중요한 것을 잊고 있었다. 어슬렁어슬렁 산책할 때가 아니다. 사려는 물건은 이미 정했으니 이제 가게에서 고르기만 하면 된다.

오늘의 목적지가 정해졌다. 기분이 한결 가벼워졌다.

"다녀왔습니다"

"도대체 왜 와버린 걸까."

정말 이 말밖에 할 말이 없다. 나는 망연히 눈앞의 자그마한 단독주택을 바라보았다. 유년 시절을 보낸 집, 그리고 다시는 올 일이 없을 거라 생각했던 집.

집을 떠난 지 얼마나 지난 걸까. 그렇게 생각하다 애써 생각을 지웠다. 꽤 오랜 시간이 흘렀는데도 외관은 전혀 변하지 않았다. 집도, 그리고 그 주위를 둘러싼 정경도.

연말에 대청소를 하다가 우연히 고향집 열쇠를 찾았다.

한참 동안 보이지 않아서 다른 잡동사니랑 버린 줄로만 알았다. 그래서 평소에 거의 쓰지 않는 가방 주머니 깊숙한 곳에서 열쇠가 나왔을 때 소스라치게 놀랐다(일본에서는 새해를 맞이하기 전에 대청소를 하는 풍습이 있다-옮긴이).

"열쇠 같은 걸 버려도 되려나……."

혼잣말하듯 중얼거리며 휴지통을 흘낏 보았다. 하지만 역시 버리면 안 될 것 같아 그 충동을 간신히 억눌렀다. 무엇보다 지금의 나라면 갈 수 있을 것도 같다는 마음이 들었다. 아무런 근거도 없지만 그렇게 생각한 나는 열쇠를 테이블 위에 올려두었다. 그리고 그대로 새해를 맞았다.

다음에, 다음 주말에 가자. 그렇게 차일피일 미루다 보니 어느새 2월이 도착했다. 이대로 봄을 맞이할까도 싶었지만 오랜 고민 끝에 그러지 말자고 결심했다. 왜냐하면 머리 한구석에 곰 얼굴이 어른거렸으니까.

어디 한번 가보자. 오늘 아침 그렇게 마음먹었고 마침내 각오를 다진 나는 집을 나섰다.

내가 사는 곳에서 전철로 두 시간. 그 정도 이동 시간이면 마음을 가다듬을 수 있을 거라 생각했다. 하지만 그건 어리석은 생각이었다. 두 시간의 전철 여행은 눈 깜짝할 새

끝나 있었다.

심란한 마음으로 전철에서 내렸고 그대로 이곳까지 걸어왔다. 그리고 지금, 고향집에 온 것을 약간 후회하고 있다.

문패도 그대로였다. 유일하게 달라진 게 있다면 베란다에 널린 빨래의 양 정도일까. 내가 없는 만큼 줄어 있다.

초인종을 눌렀다. 하지만 반응이 없다. 다시 한번 눌러봤지만 역시 아무런 반응이 없다. 외출 중인가 보다. 나는 잠시 망설이다 어물어물 집에 들어가 보기로 했다.

열쇠를 넣고 돌렸다. 그러자 아무런 저항도 없이 철컥하고 열렸다. 조심스레 문을 열고 현관에 들어서자 익숙한 정경이 눈앞에 펼쳐졌다. 눈에 익은 작은 신발장, 벽에 걸린 시계. 그래, 이런 느낌이었지.

복도를 따라 거실로 향했다. 천천히 집 안을 둘러보며 걷는데 놀라울 정도로 변한 게 없다. 가구의 위치도 냄새도 전부 그 시절 그대로였다.

그리워졌다. 그리고 그립다고 느끼는 나 자신에 놀랐다. 나에게도 이런 감정이 남아 있었구나, 새삼 깨달았다.

집 안을 휘 둘러보고 마지막으로 내 방으로 향했다. 과감하게 문을 열자 그곳은 내가 집을 떠난 그때로 시간이 멈

취 있었다. 남겨진 책, 필기구, 책상까지 모든 게 그대로였다. 먼지 하나 없이 깨끗한 내 방. 나도 모르게 눈시울이 붉어졌다.

엄마는 내가 집을 나간 후에도 여전히 깨끗하게 내 방을 청소했던 모양이다. 집을 나간 지 벌써 수년이 지났는데도 쓰다 만 메모지부터 두고 간 만화책까지 그 자리 그대로 동그마니 남아 있다. 다시는 돌아오지 않을지도 모르는데 내가 집을 떠난 후 수년간 내 물건들을 어느 것 하나 소홀히 하지 않고 소중하게 간직해둔 것이다.

나가라는 말을 듣기는 했지만 어쩌면 엄마는 날 미워하지 않았던 걸지도 모르겠다. 지금껏 생각지도 못했던 가능성을 뒤늦게나마 깨달았다.

"여기는 아직도 내 방이구나……."

가슴속에 피어난 말이 입에서 절로 흘러나왔다. 만약 엄마가 나를 미워하지 않는다면 제대로 만나서 이야기할 수 있을지도 모르겠다. 그렇게 생각하니 꼭 엄마와 만나고 싶어졌다. 설마 내가 이런 마음을 품게 될 줄은 생각지도 못했기에 내 안의 변화에 나 스스로 너무나 놀랐다.

"세상에 무슨 일이 일어날지 알 수 없다고는 하지만, 설마 이런 날이 올 줄이야……."

예상치 못한 상황에 맞닥뜨린 나는 당황하면서도 왠지 모르게 마음 한구석이 기뻤다. 무심코 뺨을 만지니 어느새 약간 젖어 있다.

집에 머문 시간은 30분 정도였던 것 같다.

충분히 만족한 나는 조금은 가벼워진 마음으로 집을 나섰다. 그리고 재차 집을 바라보았다. 어린 시절을 보낸 집, 다시는 돌아오지 않을 거라 믿었던 집, 하지만 이렇게 다시 돌아온 집. 오늘 용기 내길 잘했다는 생각이 들었다.

"다음엔 미리 전화하고 와야지."

한 발짝 성장한 느낌으로 말해보았다. 입 밖으로 꺼내면 정말 그렇게 할 수 있을 것만 같은 기분이 드니까. 물론 언제가 될지 모르고, 정말 할 수 있을지도 모르겠다. 그러나 훗날 그런 날이 오면 좋겠다고 진심으로 소망했다.

집을 뒤로하고 몇 발짝 걸었을 때 등 뒤에서 무언가가 떨어지는 소리가 났다. 물건이 가득 찬 장바구니가 떨어지는 듯한 큰 소리다. 나는 무의식적으로 걸음을 멈추었다. 그리고 나는 알아차렸다.

"유리코니?"

역시 그랬다. 벌써 몇 년이나 지났건만 목소리는 여전히 변함이 없었다. 나는 한번 심호흡을 하고 용기를 내어 뒤돌아보았다. 그랬더니 예상대로 집 앞에 엄마가 서 있었다.

엄마는 여전했다. 아니, 여전하다고 말한다면 거짓말일 것이다. 역시 조금은 늙어 있었다. 당연한 일이지만 나이 든 엄마를 보고 새삼 시간의 흐름을 실감했다. 나를 보고 망연히 서 있는 엄마 바로 오른쪽에는 장바구니가 떨어져 있다.

엄마 모습을 본 순간, 수많은 기억이 머릿속을 스쳐 지나갔다. 엄마는 언제나 공부하라고만 말했다. 엄마에게 칭찬받고 싶은 마음에 어린 시절 내내 공부만 했던 나. 동아리 활동을 포함해서 좀 더 여러 경험을 했더라면 어땠을까 하고 지금은 생각한다. 그러나 혼자 나를 키워낸 엄마에게 감사하는 마음도 물론 있다.

결코 칭찬은 해주지 않았지만, 공부하는 나를 묵묵히 지켜봐 주었다. 게다가 어렸을 때 나는 엄마랑 마트에 장 보러 가는 게 참 좋았다. 과자는 좀처럼 사주지 않았지만, 함께 장을 보면서 저녁 메뉴를 고민하고, 마트 바구니를 함께 들기도 하고, 손을 마주 잡은 채 집으로 돌아오던 그런 시간이 정말 좋았다.

오랜만에 엄마와 만나 온갖 복잡한 감정으로 마음이 뒤죽박죽이 된 나는 엄마에게 무슨 말을 해야 할지 좀처럼 찾을 수 없었다.

"다녀왔습니다."

간신히 찾아낸 첫마디였다. 애써 웃으며 말하려 했다. 하지만 소용없었다. 작고 가련한 목소리가 엄마와 나 사이에 흘렀다.

"근처에 온 김에 잠깐 들렀어."

엄마는 놀란 얼굴 그대로 나를 응시하고 있다. 무언가 말하려는 듯했지만, 입술만 파르르 떨 뿐 아무런 대꾸도 하지 않았다. 집에 돌아가면 또 혼날지도 몰라. 엄마를 만나기 전까지는 그런 생각도 했었지만 나를 바라보는 엄마의 눈빛에 분노는 담겨 있지 않았다.

"제멋대로인 딸이라 미안해. 고생해서 키워줬는데……. 그래도 나는 내 길을 스스로 선택하고 싶었어. 솔직히 힘든 일도 있어. 하지만 즐거운 일도 많고. 여하튼 나는 지금 잘 지내고 있어."

엄마에게 말하는 동안 내 안의 무언가가 조금씩 녹아내리는 게 느껴졌다. 엄마는 내가 하는 말을 진지한 눈빛으로 들어주었다.

"요즘 들어 어릴 적 일들이 자꾸 생각나더라고. 그래서…… 그냥 와봤어. 오늘은 이만 돌아갈 거지만 괜찮다면 또 와도 될까?"

드디어 조금은 웃으며 말할 수 있었다. 긴장이 아주 조금 풀린 게 느껴졌다.

"그럼…… 그럼 당연히 되지. 여긴 네 집이잖니."

한 마디 한 마디 곱씹듯이 엮는 엄마의 말이 가슴에 울렸다.

"그보다…… 엄마야말로 미안해. 엄마는 네가 행복해지기를 바랐고, 어른이 돼서 고생하지 않기를 바랐어. 그래서 최선이라고 생각하는 것들을 했던 거야. 하지만 그게 내 독단이었다는 걸 네가 집을 나간 후에야 깨달았어……."

고개 숙인 엄마는 나지막이 "부모로서는 실격이야……" 하고 중얼거렸다. 엄마가 그렇게 생각하고 있었다니……. 나는 너무 놀라 아무런 말도 나오지 않았다.

"그때는 내 방식만 고집하고 밀어붙이기만 해서 정말 잘 못했다고 생각해. 그러니까, 그……, 미안하다.”

엄마의 눈시울에는 눈물이 찰랑찰랑 넘치고 있었다. 집을 떠날 때 본 화난 얼굴과는 사뭇 달랐다. 진심으로 사과하는 것이 고스란히 전달되는 그런 표정이다. 새삼스럽지만, 지금이라면 엄마를 이해할 수 있을 것도 같다. 방식이야 어찌 되었든 모두 나를 위한 행동이었다. 그리고 늘 나를 걱정해주는 것 또한 엄마였다.

“괜찮아, 이제 다 괜찮아.”

사실 아직은 응어리가 남아 있다. 왜냐하면 이미 지나간 시간을 되돌릴 수는 없으니까. 그럼에도 한편으로는 다 괜찮다는 생각이 들기도 하고, 엄마와의 관계를 다시 시작하고 싶다는 바람도 들었다.

“그래. 그…… 정말 고마워.”

엄마의 얼굴에 안도하는 빛이 번졌다. 그런 엄마의 얼굴을 본 순간, 문득 내 머릿속에 한 가지 부탁하고 싶은 것이 떠올랐다.

“있잖아, 갑작스럽겠지만 부탁 하나만 해도 될까……?”

말을 꺼내며 조금 쑥스러워져서 무심코 고개를 숙일 뻔했다. 그런 나를 보고 엄마는 “부탁이라니?” 하며 약간 얼굴을 굳혔다.

"저번에 문득 엄마가 야식으로 닭고기 달걀덮밥을 종종 만들어줬던 게 생각났어. 그게 엄청 그립더라고……. 그래서 다음에 올 때는 엄마가 만든 닭고기 달걀덮밥을 먹고 싶은데…… 안 될까?"

"닭고기 달걀덮밥? 내가 만든 거?"

엄마는 의아한 얼굴로 나를 바라보았다.

"응, 엄마가 만든 닭고기 달걀덮밥이 왠지 모르게 먹고 싶어져서……."

"그런 걸로 괜찮니?"

"……응, 그게 좋아."

오늘까지 오래도록 인연을 끊고 살던 엄마에게 이런 부탁을 하다니……. 말하고 나니 너무나 부끄러웠다.

"알겠어. 다음에 올 때는 미리 연락해줘. 꼭 준비해둘게."

그렇게 말하는 엄마 얼굴에는 긴장했던 기색은 온데간데없고 유순한 미소가 가득했다.

고향집에서 돌아오는 길에 예전에 살았던 맨션에 들러

보았다. 수달이 불을 냈던 그 맨션이다.

특별한 의미는 없다. 그냥 불현듯 가보고 싶어졌을 뿐. 가랑눈이 흩날리는 길을 나는 한들한들 걸었다.

맨션에 도착하자마자 나는 놀랐다. 불이 났던 1층 방은 아직도 시커멓게 그을려 있었다. 집주인 아저씨는 결국 수리하지 않은 걸까? 오랜만에 꽃피운 호기심은 시들 생각을 하지 않았고 결국 방 안을 슬그머니 들여다보았다. 그리고 또 한 번 놀랐다.

새까만 방 안에는 얼룩무늬 고양이와 집주인 아저씨가 앉아 있었다. 한 마리와 한 사람이 화로를 사이에 두고 둘러앉아 생선을 굽고 있다. 한 손에는 캔맥주를 들고서.

내가 그 맨션을 떠나기 전만 해도 집주인 아저씨는 멋대로 1층에 눌러앉아 생선을 구우며 냄새를 풍기는 얼룩 고양이에게 불안이 가득했는데. 대화까지는 들리지 않았지만 둘 다 무척 즐거워 보인다.

"사이가 좋아졌구나……."

엉겁결에 중얼거렸다. 그 순간, 고양이가 귀를 쫑긋 세우더니 이쪽을 흘끗 보았다. 이런, 훔쳐본 걸 들키고 말았다.

깜짝 놀라 진땀을 흘리며 굳어 있는데 얼룩 고양이는 나를 향해 찡긋 윙크하더니 아무 일 없었다는 듯 다시 생선을 구웠다.

고소한 냄새를 맡으며 나는 살금살금 발길을 돌려 집으로 돌아갔다.

변하지 않을 거라 생각했다.

엄마는 나를 싫어하게 되었고, 나는 두 번 다시 고향집에 돌아갈 수 없을 거라 여겼다. 그건 어쩔 수 없는 일이라며 스스로 단념했다. 애초에 내가 고향집에 가고 싶어질 날이 오리라고는 생각조차 하지 않았으니까.

변하지 않을 거라 생각했다. 하지만 실제로는 변해 있었다. 나는 고향집에 가고 싶어졌고, 엄마와 만나 이야기도 했다. 더구나 닭고기 달걀덮밥까지 부탁해버렸다.

변하지 않는 것도 있을 것이다. 고향집 외관은 변하지 않았다. 주위 풍경도 집 내부도 그대로였고 불에 탄 수달의 방도 여전히 시커멓게 그을려 있었다. 뭐, 그건 좀 문제가 있을지도 모르겠지만……

엄마도 나도 변해 있었다. 얼룩무늬 고양이와 집주인 아저씨의 관계도 변해 있었다. 변하지 않을 거라 생각했던 것들이 내가 모르는 새 변한다.

대수롭지 않은 사소한 일들. 그런데 뭐랄까, 그 작은 변화가 지금의 나에게는 너무도 사랑스럽게 느껴진다.

가만, 얼룩무늬 고양이와 집주인 아저씨의 일은 나랑 아무 상관 없나? 아니, 애초에 나와 엄마의 관계, 그리고 얼룩무늬 고양이와 집주인 아저씨의 관계는 아무 상관도 없는 것 아닌가.

엉뚱한 생각들이 빙글빙글 머릿속을 맴돈다. 어쩐지 나 자신이 우스꽝스럽다. 하지만 그건 그것대로 괜찮다는 생각이 든다.

먼발치에서 지금 내가 사는 집이 보이자 왠지 모르게 피로가 확 밀려왔다. 역시 긴장을 많이 했던 모양이다.

계단을 오르려는데 곰 집 문에 걸린 '동면 중'이라는 팻말이 눈에 들어왔다.

"고마워. 그리고, 다녀왔습니다."

나는 팻말을 향해 조그맣게 말했다.

도시락 소풍

만개한 벚나무 아래 벤치에 앉아 편의점에서 산 봄 한정 캔맥주를 들이켰다. 맥주 안주는 당연히 꽃놀이 도시락이다. 내가 만든 건 아니고 삼색 고양이 가게에서 포장해 온 거지만.

"봄이라 그런지 뭔가 새로운 걸 시도해보고 싶어졌어."

지난주 가게에 들렀을 때 삼색 고양이가 미리 맛보라며 권해주었다. 방어 된장구이도, 유채 겨자무침도 정말 맛있었다.

"맛있어요. 꽃놀이 가기 전에 꼭 사러 올게요."

내가 그렇게 말하자 삼색 고양이는 무심하게 "칭찬해도 아무것도 안 나온다니까"라며 손사래 쳤지만 꼬리는 꼿꼿하게 서 있었다. 자세히 보니 새어 나오는 웃음을 참으려 무던히도 애쓰는 표정이었다.

꽃놀이 도시락은 두 개. 그러나 벚나무 아래 벤치에는 나 혼자뿐. 곰은 아직 오지 않았다.

봄이 되어 벚꽃은 절정에 달했다.

오늘 아침, 날씨도 좋고 슬슬 꽃놀이라도 가볼까 생각하며 아침을 먹고 있는데 "야호! 봄이다! 포근포근해!"라는 우레 같은 목소리가 들려왔다. 그 소리에 하마터면 입에 머금은 커피를 뿜을 뻔했다. 곰은 여전히 활기차다.

모처럼 곰에게 같이 꽃놀이 가자고 말해볼까. 나는 입가가 풀어지는 걸 느끼며 아침을 마저 먹었다. 그렇구나, 드디어 깨어났구나. 가슴 언저리가 폭닥폭닥 따뜻해졌다.

설거지를 끝내고 빨래를 널고 청소기를 돌렸다. 평일에 밀린 집안일을 다 해치운 뒤 이번에는 외출 준비를 시작했다.

빛바랜 데님 셔츠형 원피스에 오버핏의 검정 후드 집업

을 걸쳤다. 화장은 평소처럼 최소한으로만 했다. 검은 가죽 숄더백을 메고 부츠를 신고서는 집을 나섰다.

계단을 내려가 곰 집 앞에 서자 문에 '식사 중'이라고 적힌 팻말이 걸려 있다.

겨울잠에서 이제 막 깨어났으니 배가 고프겠지. 이렇게 생각하고는 팻말 뒷면을 살짝 들춰보았다. 거기엔 '동면 중'이라고 적혀 있다.

"동면 중 뒷면은 식사 중이라……."

재미있어서 무심코 중얼거리고 말았다. 정말 밥을 먹는 중이라면 어쩐담, 말을 걸면 방해가 되려나. 나는 초인종을 누르기가 망설여졌다.

"아, 유리코 씨!"

멀뚱히 고민하고 있는데 뒤에서 경쾌한 목소리가 들려왔다. 뒤돌아보니 빵빵하게 부푼 비닐봉지를 양손에 두 개씩 든 곰이 서 있었다. 얇은 비닐봉지 안에 있는 채소며 음료가 희미하게 드러났다.

"새해 복 많이 받으세요! 올해도 잘 부탁드립니다!"

곰은 예의 바르게 고개를 꾸벅 숙였다.

"너도 새해 복 많이 받아. 나야말로 올해도 잘 부탁해."

나도 곰을 따라 고개를 숙였다. 계절에 어울리지 않는 인사지만 어쩔 수 없는 일이니 그냥 넘어가기로 했다.

"일어났구나."

"일어났어요!"

곰은 올해도 변함없이 방실방실 웃고 있다.

"밥 먹는 중이었어?"

"네, 배가 고파서 집에 있던 음식을 닥치는 대로 먹어댔거든요. 그랬더니 금세 바닥이 나서 마트에서 장 보고 오는 길이에요."

겨울잠에서 깬 곰의 식욕은 대단한 것 같다. 비닐봉지는 아주 무거워 보였다.

"어디 가시게요?"

나를 보고 곰이 고개를 갸웃한다.

"응. 꽃놀이 가볼까 해서."

"좋네요!"

"같이 갈래?"

"정말요?"

곰의 얼굴이 환하게 빛났다.

"삼색 고양이 가게에서 꽃놀이 도시락도 살 거야."

곰의 얼굴이 한층 빛났다. 정말 알기 쉬운 곰이다.

"외출 준비할 때까지 기다릴까?"

내가 그렇게 말하자 곰은 미안해하는 표정을 지었다.

"지금 배가 80퍼센트쯤? 아니, 절반쯤 찬 상태라서요. 조금 더 먹고 배를 진정시킨 다음 가고 싶어요. 죄송하지만 먼저 가 계실래요?"

곰이 얼마나 많은 음식을 비축해두었는지는 모른다. 하지만 겨울잠에서 깼을 때를 대비해 넉넉히 준비해두었을 것이다. 그런데도 아직 절반밖에 안 찼다니, 곰의 배는 정말 괜찮은 걸까? 조금 걱정이 되었지만 방긋방긋 웃는 걸 보니 정작 본인은 아무렇지도 않은 모양이다.

"알았어, 그럼 도시락 받아서 먼저 가 있을게. 식당 근처 강 둔치에 가려고 하는데, 어딘지 알아?"

"네, 어딘지 알아요."

"그럼 이따 봐."

"네, 이따 봐요."

싱긋 웃으며 집으로 들어가는 곰을 지켜보다가 삼색 고양이 식당으로 향했다. 곰이 집에 들어간 뒤에야 깨달은 거지만 나도 모르게 어느새 입가가 느슨하게 풀려 있었다.

"그렇구나, 드디어 겨울잠에서 깼구나."

식당에서 곰 이야기를 꺼내자 삼색 고양이는 눈을 가늘게 뜨며 기뻐했다.

"네, 맞아요. 이제 막 겨울잠에서 깨서 그런지 배가 엄청 고프대요. 잔뜩 먹고 배가 좀 진정되면 온대요."

"배를 진정시킨다니, 그 정도로 배가 고팠구나."

"모처럼 먹는 각별한 꽃놀이 도시락이니까, 맛을 음미하고 싶은 게 아닐까요?"

삼색 고양이는 내게 "어머, 그런 말도 할 줄 알게 됐네?" 하고 씨익 웃고는 주방 안으로 사라졌다.

"그럼 이것도 가져가."

주방에서 나온 삼색 고양이는 그렇게 말하며 꽃놀이 도시락 두 개가 담긴 봉투 외에 또 다른 봉투도 함께 건넸다. 안에는 맛있어 보이는 닭튀김과 알록달록 동글동글한 초밥이 들어 있었다.

"너무 많이 만들었지 뭐니. 그냥 두면 아까우니까 들고 가서 먹어."

"정말 받아도 돼요?"

"그럼, 되고말고. 서비스야."

태연한 얼굴로 말하는 삼색 고양이. 내게는 그런 그녀가
더없이 멋져 보였다.

식당 옆 편의점에서 술을 산 뒤, 나는 들뜬 마음으로 강
둔치로 향했다. 둔치에는 수많은 벚나무가 꽃을 활짝 피우
고 있었다. 이미 꽃놀이객들이 바글바글 모여 있었지만 운
좋게도 커다란 벚나무 아래 벤치가 비어 있었기에 나는 냉
큼 그곳에 앉았다.

배가 고팠던 나는 끝내 곰을 기다리지 못하고 도시락 뚜
껑을 열어버렸다. 처음에는 빼꼼 구경만 하려 했는데 그러
지 못했다. 뚜껑을 여는 순간 참을 수 없어 바로 나무젓가
락을 집어 들었고 5분 뒤에는 캔맥주도 마시기 시작했다.
도시락은 역시나 맛있었다.

"유리코 씨! 아, 벌써 시작하셨네요."

맥주를 마시고 있는데 곰이 달려왔다. 물론 두 발로. 곰
은 우체부가 멜 법한 검은색 숄더백을 메고 머리에는 검은
색 베레모를 쓰고 있다.

"좀만 참았다가 같이 먹으면 더 좋았을 텐데……."

곰이 살짝 불만스럽다는 듯이 볼을 부풀린다. 꼭 어린아

이 같다.

"미안, 먼저 먹어버렸어."

조금 미안해진 나는 머뭇대며 곰의 몫인 꽃놀이 도시락과 맥주를 건넸다. 곰은 "고마워요"라고 말했으나 여전히 어딘가 불만스러운 표정이다.

"그리고 이거, 삼색 고양이 씨가 서비스라며 주셨어."

조금이라도 분위기를 밝게 바꿔보려고 닭튀김과 알록달록한 초밥을 곰에게 꺼내 보였다.

그러자 곰의 얼굴이 순식간에 환해지더니 기쁜 듯 방긋방긋 웃기 시작했다.

"야호! 저 삼색 고양이 씨가 만든 닭튀김 정말 좋아하거든요. 식어도 딱딱해지지 않고 정말 맛있어요."

곰은 닭튀김과 초밥이 담긴 포장 용기를 받아들고는 "뭐부터 먹을까……" 하고 1분쯤 고민하더니 꽃놀이 도시락부터 먹기 시작했다. 행복하게 도시락을 먹는 곰을 보며 나는 진심으로 삼색 고양이에게 감사했다.

"정말 맛있네요. 집에서 배를 진정시키고 오길 잘했어요."

"역시 평소랑은 달라?"

나는 궁금해서 물었다.

"그럼요, 다르죠. 겨울잠에서 막 깬 상태에서는 텅텅 빈 속을 채우기 위해 허겁지겁 엄청난 속도로 먹어치우기 때문에 제대로 맛을 음미할 수 없거든요."

곰은 그렇게 말하며 우쭐한 표정을 지었다. 대체 어느 부분에서 우쭐할 만한 내용이 있었던 걸까. 알 수 없었지만 나는 그냥 후후후 하고 웃어넘겼다.

"크리스마스 선물이랑 연하장, 고마워요."

도시락을 깨끗이 비우고 잠시 쉬고 있는데 곰이 기쁜 얼굴로 말했다.

"바로 열어봤나 보네."

"네, 그야 당연하죠!"

곰은 그렇게 말하며 신나게 베레모를 손에 들었다. 내가 곰에게 준 크리스마스 선물은 베레모였다. 왠지 잘 어울릴 것 같았기 때문이다.

백화점 신사복 매장 한구석에 곰 전용 코너가 있다. 평소 신사복 매장에 갈 일이 없어 길을 헤매고 있는데 친절한 점원이 다가와 말을 걸었다. 점원은 북극곰이었다.

"손님, 찾으시는 게 있으세요?"

"북극곰 씨는 겨울잠을 안 자나요?"

별안간 궁금해진 나는 북극곰의 질문에는 답하지도 않은 채 이렇게 물어보았다. 그리고 뜬금없는 질문을 던진 나 자신이 부끄러워 순식간에 얼굴이 화끈 달아올랐다.

"죄송해요, 불쑥 이런 질문을 해서. 기분 나쁘셨죠?"

"아뇨, 괜찮습니다. 북극곰은 겨울에도 활동한답니다."

북극곰 점원은 산뜻한 미소를 지으며 알려주었다. 화가 난 것 같지는 않아서 그제야 마음이 놓였다. 북극곰 점원에게 곰용 베레모를 찾고 있다고 하자 그는 매장까지 나를 데려가 주었다.

"제가 이 정도 사이즈이니 반달가슴곰이라면 이 사이즈가 좋을 것 같군요."

북극곰 점원과 상의하면서 베레모 사이즈를 골랐다. 그러니 사이즈는 문제없을 거라 생각하지만 과연 잘 맞으려나. 나는 조금 걱정되는 마음으로 옆에 앉아 있는 곰을 보았다.

"혹시 작아?"

나는 괜히 불안해져서 물어보았다.

"혹시 작으면 사이즈 교환도 된다고 했거든……."

"네? 딱 맞아요. 정말 고마워요!"

곰은 싱긋 웃으며 말했다. 방긋방긋 웃는 곰에게 베레모는 무척이나 잘 어울려서 나는 포옥 어깨 힘이 빠졌다. 어쩌면 바로 지금이 말할 타이밍일지도 모르겠다. 그렇게 생각한 나는 몰래 심호흡을 한번 하고 각오를 다졌다.

"있잖아."

"네, 왜요?"

곰이 고개를 갸웃거린다.

"밸런타인데이 초콜릿은 없어."

"네? 정말요? 서운하……."

곰 얼굴에 순식간에 먹구름이 꼈다. 그리고 점점 시무룩해졌다.

"그 대신에."

"대신에?"

"나랑 맛있는 닭고기 달걀덮밥 먹으러 가지 않을래?"

말을 마치자 조금 쑥스러워졌다. 얼굴이 살짝 뜨거운 것 같기도 하다. 아니, 아주 뜨거웠다. 어떻게든 시선을 피하지 않으려 노력했지만 역부족이었다. 나는 조금 남아 있던 맥주를 단숨에 들이켰다.

곰은 그런 나를 바라보며 다정한 미소를 머금은 음성으로 말한다.

"언제 갈까요? 내일은 어때요?"

역시 성급한 곰이다. 아무리 그래도 내일은 너무 갑작스럽잖아. 내가 황당해하고 있는데 불현듯 거센 바람이 불어와 우리 사이를 스쳐 갔다.

꽃잎 한 장이 한들한들 바람에 실려와 곰의 코 위에 착지했다. 나는 그 모습을 보고 그만 웃어버렸다.

곰을 데려가면 엄마는 틀림없이 놀라겠지. 하지만 분명 괜찮을 거야. 왠지 멋진 식사 모임이 될 것만 같은 예감이 든다.

“봄이라 그런지

뭔가 새로운 걸

시도해보고 싶어졌어.”

할머니께

할머니께

할머니, 잘 지내고 계시지요? 저는 잘 지내고 있어요.

지난주에 겨울잠에서 깨어나 봄을 만끽하고 있는데 우리 맨션

에 새로운 분이 이사를 오셨어요. 유리코 씨라는 여성분이에

요. 한동안 이 맨션에 저 혼자 살아서 그런지 정말 기뻤어요.

아, 맞다. 유리코 씨랑 티타임을 가졌어요! 유리코 씨가 이사

온 날, 벌꿀 롤케이크를 들고 인사를 오셨거든요. 그때 용기를

내서 같이 커피 마시자고 권했는데 흔쾌히 응해주셨어요.

어라, 같이 커피를 마셨는데 '티타임을 가졌다'라고 하는 건 좀 이상하네요. 음, 정정할게요. 커피를 함께 마셨어요!

어렸을 때 할머니가 들려주시던 옛날이야기 속 주인공 곰처럼 누군가와 함께 커피를 마셔보고 싶다고 생각했었는데 이렇게 이루어져서 정말 기뻐요.

맞다, 그때 들은 이야긴데요, 유리코 씨가 여기로 이사 오기 전에 살던 집에서 불이 났었대요. 글쎄, 그 이유가 굉장한데요, 수달이랑 가다랑어가 싸우는 바람에 불이 났다는 거 있죠? 세상에 그런 일도 다 있더라고요. 세상엔 정말 별의별 일이 다 있구나 하고 새삼 느꼈습니다.

유리코 씨는 정말 멋진 분이셔서 친구가 되면 좋겠다고 생각하고 있어요. 이곳저곳 함께 놀러 다니면 참 좋을 것 같아요. 식물원이라든지 삼색 고양이 식당이라든지.

할머니, 또 편지 쓸게요. 늘 건강 조심하시고요.

손자 곰 드림

2년 차
"같이 먹는 게 훨씬 맛있어"

퇴근길

"궁금해요?"

"……."

"하지만 이건 술이라 아직은 안 돼요."

"……."

"디자인이 참 귀엽긴 하죠. 하지만 병아리는 술을 마시면 안 돼요. 대신 이 오렌지 주스는 어때요?"

"……."

"그러게요. 맛있어 보이긴 하죠……. 근데 지금은 이걸 마시는 게 좋지 않을까요? 술은 닭이 된 다음에야 마실 수 있는 거예요, 안 그래요?"

편의점 안쪽, 차가운 음료가 빼곡히 진열된 코너에서 느슨하고 방만한 대화 소리가 들려왔다. 아니, 대화가 아닌가. 들려오는 건 일방적으로 누군가에게 말을 거는 익숙한 목소리뿐이니까.

퇴근길에 달콤한 게 먹고 싶어 편의점에 들렀다. 잘 아는 목소리가 들리는 쪽으로 걸음을 옮겼더니 역시나 곰이 있었다. 까맣고 커다란 반달가슴곰이 쪼그리고 앉아 누군가와 이야기를 나누고 있다.

"뭐 하고 있어?"

"아, 유리코 씨! 안녕하세요."

"응, 안녕."

싱글벙글 웃는 얼굴로 벌떡 일어나서 인사하는 곰.

곰 발치에는 귀여운 병아리 한 마리가 있다. 폭신폭신 샛노랗고 오동포동 살이 오른 병아리. 동그란 눈을 반짝이며 나를 올려다보고 있다.

"얘는 누구야?"

"심부름 나온 병아리예요! 엄마가 식빵이랑 우유를 사 오라고 한 모양인데, 이 오렌지 맛 츄하이(희석한 소주에 탄산

수와 과즙을 섞은 술-옮긴이)가 눈에 들어왔는지 자꾸 신경 쓰이는 모양이에요…….”

설명하면서 목소리가 점점 줄어들더니 결국에는 난감한 표정을 짓는 곰. 곰은 병아리와 술을 번갈아 쳐다보고는 ‘도와주세요’라는 표정으로 나를 빤히 바라보았다. 털까지 축 처져 있어서 어쩐지 기운이 없어 보인다.

곰이 가리킨 술은 말마따나 맛있어 보였다. 오렌지 과즙 100퍼센트 츄하이. 상쾌한 파란색 바탕에 싱그러운 오렌지가 그려져 있다. 내가 어린아이였더라도 분명 마셔보고 싶었을 것이다. 과즙 100퍼센트라고 적혀 있어서 왠지 주스 같기도 하고.

한편 병아리는 곰을 샐쭉한 표정으로 흘겨보고는 이내 나를 향해 초롱초롱한 눈망울로 무언의 시선을 보냈다. 만약 커다란 나무 아래 병아리가 있다면 이런 모습으로 보이려나. 이런 생각에 나도 모르게 표정이 훌훌 풀린다.

귀여워라. 몽글몽글한 마음으로 병아리를 바라보고 있는데 위에서 뭔가 따끔따끔한 시선이 느껴졌다. 그 시선의 주인을 올려다보니 불만스럽게 볼을 부풀리고 있다. 바늘로 쿡 찌르면 팡 하고 터질 것만 같다.

나는 얼굴이 붉어지려는 것을 필사적으로 억누르며 잠시 숨을 골랐다. 그리고 방금까지 헤벌쭉거리던 표정을 숨기기 위해 애써 담담한 표정을 만들었다.

선 채로 이야기하려니 눈높이가 꽤 차이 나서 쪼그리고 앉아 병아리와 시선을 맞췄다.

"이 술이 궁금해?"

먼저 그렇게 물어봤다. 굳이 묻지 않아도 대답은 알고 있지만.

말없이 고개를 끄덕이는 병아리. 아아, 귀여워라. 무심코 쓰다듬고 싶어지는 마음을 꾹 눌렀다. 여기서 헤벌쭉 웃어버리면 안 된다.

"하지만 술은 어른이 돼야만 마실 수 있는 거야."

병아리 얼굴이 대번에 어두워진다. 병아리도 나 같은 사람이 말하지 않아도 백번 천번 알고 있을 것이다. 하지만 이 캔의 디자인에 마음을 빼앗긴 거겠지. 작디작은 몸 뒤로 '이 사람도 나를 이해 못 해주는구나……'라는 마음의 소리가 떠오르는 것 같았다.

아아, 부루퉁한 표정마저 너무도 사랑스럽다. 나는 무심코 풀어지려는 얼굴 근육을 간신히 잡아당겼다. 이 아이를 어떻게 설득하면 좋을까. 나는 머리를 굴렸다. 그러다 번뜩 좋은 생각이 떠올랐다. 병아리에게 얼굴을 바짝 들이대고 목소리를 낮추어 무언가를 알려주었다.

"!?!?"

병아리의 얼굴에는 당황한 기색이 역력했다. 냉장고 안의 술을 본다. 나를 본다. 술을 본다. 나를 본다. 병아리는 몇 번이나 고개를 바삐 움직이고는 마침내 털썩 어깨를 늘어뜨리고 패잔병 같은 모습으로 술 코너를 떠났다.

병아리야, 용서해줘. 짓궂게 굴고 싶지는 않았는데. 왠지 마음이 조금 아려왔다.

"자, 우리도 장을 봐야지."

영차 하고 일어나 곰을 보는데 곰의 눈이 유리구슬처럼 동그래져 있었다. 맑고 둥그런 눈동자에 내가 비쳐 있었다. 꼭 거울 같다.

"왜 그래?"

"유리코 씨, 대체 병아리한테 뭐라고 한 거예요? 제가 그렇게 애원해도 안 됐었는데 그렇게 간단히 단념하게 만들다니……."

어리둥절해하는 곰을 보고 '이런 표정도 짓는구나'라는

새로운 발견에 잔잔한 기쁨을 느꼈다.

"후후후, 비밀."

나는 그렇게 말하고는 과즙 100퍼센트 오렌지 츄하이 두 캔을 바구니에 담고 디저트 코너로 향했다. 흘긋 뒤돌아 보니 곰이 술 코너 앞에 덩그러니 서 있었다.

"맞다! 혹시 괜찮다면 저녁 같이 안 먹을래요?"

디저트 코너에서 오늘 밤 후식을 커스터드 푸딩으로 할지, 아니면 우유 푸딩으로 할지 고민하고 있는데 곰이 방긋 웃으며 물었다. 지쳐 있는 나에게는 그 화사한 미소가 다소 눈부셨다. 변함없이 활기찬 놈이다.

"그래도 돼? 사실 오늘은 저녁 만들 힘도 없어서 누군가 만들어주면 좋겠다 싶었거든."

그만 속마음이 툭 튀어나왔다. 마트 특가 세일 때 산 볼로네제 파스타 소스가 있으니까 오늘 저녁은 그걸로 간단히 때우려 했었다. 그런데 그것조차 차츰 귀찮아져서 그냥 편의점에서 뭐라도 사 갈까 하던 참이었다.

너무 솔직했나 싶기도 하지만 이제 와 괜히 에둘러 말하는 것도 그렇고, 뭐 괜찮겠지. 머리를 빠르게 굴리며 그렇게 생각했다. 시간으로 따지면 아마 2초쯤 지났을 것이다.

"맡겨주세요! 어제 정말 좋은 봄 양배추를 구했거든요."

곰이 자랑스럽게 가슴을 폈다. 가슴을 펴는 주제가 훈훈하다 해야 할지 허술하다 해야 할지. 나는 그만 후후후 웃어버렸다.

"그럼 신세 좀 질까?"

"신난다! 자, 얼른 집에 가요."

곰은 그렇게 말하고 종종걸음으로 계산대로 향했다. 멀어지는 커다란 뒷모습에 나도 모르게 미소가 번졌다. 시간으로 따지면 이번에도 2초쯤. 이내 정신을 차리고 왠지 부끄러워졌다. 아아, 얼굴이 후끈거린다.

아무 일 없었던 것처럼 진열된 디저트들을 보았다. 뭐로 할까……. 잠시 고민하다 달걀이 듬뿍 든 특대형 커스터드 푸딩 하나와 우유 푸딩 하나를 바구니에 담고 계산대로 향했다. 나는 우유 푸딩, 곰은 특대형 커스터드 푸딩. 커스터드 푸딩도 먹고 싶으니까 한 입, 아니 두 입 정도는 뺏어 먹어야지.

"유리코 씨, 잠깐 이 아이 좀 데려다주고 올게요!"

계산대로 가니 먼저 계산을 끝낸 곰이 대뜸 선언했다. 그 아이가 누구를 말하는지는 묻지 않아도 대번에 알 수 있었다. 곰의 왼쪽 어깨에 병아리가 올라타고 있었으니까. 병아리는 평소와 다른 눈높이에 감격했는지 기쁜 얼굴로 눈을 반짝이고 있다.

"응, 다녀와."

"다녀오겠습니다! 유리코 씨는 우리 집 앞에서 기다려주세요. 금방 뒤따라갈게요!"

곰은 싱글벙글 웃으면서 그렇게 말하고는 종종걸음으로 편의점을 나섰다.

두 발로 저벅저벅 걸어가는 곰. 500밀리리터 캔맥주가 보이는 비닐봉지와 1리터짜리 우유팩과 식빵이 든 비닐봉지를 들고 있다. 병아리에게는 큰 짐이라 대신 들어다 주는 거겠지.

"그나저나 저렇게 큰 짐을 병아리는 대체 어떻게 들고 가려 했을까?"

편의점을 나서자 문득 머릿속에 그런 의문이 떠올랐다. 내가 병아리라면 어떻게 옮겼을까.

질질 끌고 간다거나 손수레를 활용한다거나? 아니면 카트로 옮기거나? 아니, 잠깐. 애초에 우유팩도 식빵도 병아리보다 훨씬 크잖아. 정말 어떻게 할 생각이었을까. 물리적으로 불가능한데.

"곧 집에 도착할 거야! 아니, 그러니까 커다란 반달가슴곰 씨가 어깨에 태워서……, 응? 나? 아직 편의점 앞 자전거 보관소라니까."

당황스러움이 묻어난 목소리가 바로 가까이에서 들렸다. 그리고 나는 퍼뜩 알아차렸다. 둘러보니 자전거 보관소 한쪽에 손수레 한 대가 세워져 있고 그 위에서 수탉 한 마리가 파닥파닥 분주하게 움직이며 통화를 하고 있다.

"반달가슴곰 씨가 집에 가더라도 놀라서 소리 지르지 마! 당신은 걸핏하면 고함부터 지르잖아. 그럼 끊을게."

수탉은 그렇게 말하고 전화를 끊고는 허둥지둥 손수레를 밀며 내달렸다.

아마도 저 수탉은 조금 전 병아리의 아빠겠지. 걱정돼서 따라왔거나, 아니면 짐꾼으로 파견되었거나 둘 중 하나일 것이다. 그렇게 편의점 앞에서 기다리고 있었는데 곰에게 선수를 빼앗긴 셈이다.

“아이쿠……..”

덜커덩덜커덩 손수레를 끌며 놀라운 속도로 멀어져가는 수탉의 뒷모습을 바라보며 엉겁결에 중얼거렸다.

과연 곰은 병아리를 잘 데려다줬을까. 아빠 닭은 곰을 따라잡았을까 그런 걱정을 하며 걷다 보니 어느새 맨션에 도착했다. 그리고 내가 도착한 바로 그 순간, 쿵쾅쿵쾅 울리는 커다란 발소리와 함께 “오래 기다리셨습니다!”라는 맹렬한 목소리가 등 뒤에서 날아왔다.

“이웃에게 민폐잖아!”

부끄러워서 반사적으로 곰에게 주의를 주려다 그만 나도 덩달아 큰 소리를 내고 말았다. 그 결과, 나의 창피한 목소리가 밤거리에 울려 퍼졌다.

“닭 아저씨에게 누를 끼치고 말았어요……..”

풀이 죽은 곰의 얼굴. 곰은 터덜터덜 발걸음을 옮기면서 편의점 이후에 벌어진 일을 들려주었다.

병아리를 무사히 집에 데려다준 것까진 좋았는데 비명 소리를 듣고 말았다고 한다. 물론 목청을 높인 건 엄마 닭이다. 안타깝게도 아빠 닭은 곰을 따라잡지 못했을 뿐 아니라 아빠 닭의 말을 엄마 닭이 믿어주지도 않았던 모양이다.

"그런 일도 있는 거지 뭐."

나는 폭신폭신한 곰의 어깨를 토닥토닥 부드럽게 두드렸다. 음, 두드려도 '톡톡' 소리가 나지 않는 걸 보니, 역시 곰이구나 싶다. 털이 사람보다 훨씬 빽빽하게 나 있으니 당연한 일이지만.

"어서 오세요!"

딸깍딸깍 열쇠가 돌아가고 곰이 문을 열어주었다. 안에서 아주 좋은 냄새가 났다.

"실례하겠습니다."

나는 코를 킁킁거리며 집 안으로 들어가 딸깍 하고 현관불을 켰다. 이 냄새는 뭐지? 맛있는 냄새가 집 안 가득 풍겼다.

냄새를 쫓아 복도를 지나 부엌으로 향하려는데 곰의 목소리가 뒷덜미를 잡았다.

"손 씻고 가글도 하고 오세요."

잠깐 무시할까 하다가 등 뒤에서 들려오는 매서운 닭달질에 고분고분 세면대로 갔다.

손을 씻으면서 "자기가 뭐 엄마라도 되는 줄 아나" 하고
나직이 중얼거렸다. 그러자 "저 엄마 아니거든요"라며 곰이
방긋 웃는 얼굴로 다가왔다. 쳇, 뭐야. 평소엔 꼭 어린애처
럼 굴더니. 왠지 분하다.

"와, 맛있겠다!"

곰이 권하는 대로 커다란 나무 테이블 옆의 통나무 의자
에 앉아 기다리고 있는데 맛있어 보이는 알록달록한 수프
가 나왔다. 봄 양배추 수프였다. 햇양파와 방울토마토, 브
로콜리에 소시지도 들어 있다. 맛있는 냄새의 정체는 바로
이 수프였구나.

왠지 조금 쑥스러워진 나는 목소리를 낮추어 "잘 먹겠습
니다"라고 말한 뒤 수프를 한 숟갈 떠먹었다. 부드러운 맛
이 입안 가득 퍼지면서 마치 볕이 든 것처럼 마음이 따뜻해
졌다.

"초대해줘서 고마워. 이 수프 정말 맛있네."

그렇게 말하고 곰을 보자 곰은 싱글벙글 웃으며 부엌 안
쪽으로 사라졌다. 뭐지? 내가 의아해하며 수프를 하염없이
먹고 있는데 띵! 하고 경쾌한 소리가 울렸다. 그리고 그 소

리를 뒤따라 고소한 향이 솔솔 풍겨왔다.

"수프랑 같이 드세요."

곰이 얇게 썰어 노릇하게 구운 바게트를 가져왔다. 이것
도 냄새가 아주 좋다.

"염소 빵집에서 산 거예요."

곰이 빙긋 웃으며 말했다. 염소 빵집이라면 역 앞에 있
는 아주 유명한 곳이다. 아침 일찍부터 고소한 냄새가 솔솔
나고 늘 손님들로 복작인다.

"마트에서 실한 봄 양배추를 사서 수프를 끓였는데 무심
코 너무 많이 만든 거예요. 그래서 유리코 씨랑 같이 먹으
면 좋겠다 싶어 빵도 준비했어요."

곰은 그렇게 말하며 자기 몫의 수프를 들고 맞은편에 앉
아 맛있게 먹기 시작했다.

"역시 혼자 먹는 것보다 유리코 씨랑 같이 먹으니까 훨
씬 맛있네요."

만족스럽다는 듯이 말하는 곰.

"흐음, 그렇구나."

그 말밖에 할 수 없었다. 괜히 쑥스러워질 것만 같아 황
급히 바게트를 입에 넣었다. 그런데 이게 또 너무 맛있어서

덕분에 평정심을 되찾을 수 있었다.

"유리코 씨, 상의드릴 게 있어요."

통나무 의자에 앉아 함께 식후 커피를 마시고 있는데 곰이 불쑥 진지한 얼굴로 말을 꺼냈다. 진지한 목소리에 나는 반사적으로 허리를 꼿꼿이 세웠다. 무슨 말을 하려는 걸까. 조금 긴장된다.

"저기, 맨션 입구에 꽃모종을 심어도 될까요?"

"어?"

"아, 안 되나요?"

"어? 꽃모종?"

"네, 꽃이요."

'뭐야 별일도 아니잖아' 하고 생각하면서도 곰에게는 중요한 이야기인 듯해 나는 내색하지 않으려고 마음을 꾹 눌렀다. 꽃모종. 머릿속에 해바라기와 히비스커스, 메리골드 등 다양한 꽃들이 알록달록 연달아 떠올랐다.

"꽃 심는 거, 집주인 분 허락은 받았어?"

"네! 이미 수년간 돌보지 못하고 있으니 마음대로 해도 된다고 하셨어요."

하긴, 맨션 앞 화단은 사실상 식물들의 무법지대였다. 집주인은 연세 지긋한 할머니다. 살뜰히 가꾸시기 힘들 테니 곰이 나서준다면 집주인 할머니도 분명 기뻐하시겠지. 허락까지 받았다면 굳이 반대할 까닭도 없다.

"나도 찬성."

"야호!"

곰이 두 손을 번쩍 들며 기뻐했다.

"어떤 꽃을 심을 거야?"

"지금 심고 싶은 꽃은 네 가지예요."

"어떤 꽃인데?"

"나팔꽃이랑 메꽃이랑 박꽃이랑 달맞이꽃이요!"

응? 나는 무심코 고개를 갸웃했다. 나팔꽃은 알지만 나머지는 들어본 적이 없다.

"메꽃도 박꽃도 달맞이꽃도 다 나팔꽃을 닮았어요. 다만 꽃이 피는 시간대가 달라요."

곰은 그렇게 말하고는 각각의 꽃이 피는 시간대와 꽃의 특징, 그리고 박꽃은 박과이고 나팔꽃과 메꽃은 메꽃과이며 달맞이꽃은 바늘꽃과라는 것까지 친절하게 알려주었다.

"근데 왜 그 네 가지 꽃으로 정한 거야?"

곰의 설명을 듣고 새로운 의문이 생겼다. 꽃을 하나로 통일하는 게 일제히 확 피어서 더 장관일 텐데 말이다.

"꽃이 피는 시간대가 다른 걸로 심어두면 여름에는 언제 맨션 앞을 지나가든 예쁜 꽃이 피어 있을 거잖아요(나팔꽃은 아침에, 메꽃은 낮에, 박꽃은 저녁에, 달맞이꽃은 밤에 핀다-옮긴이). 유리코 씨가 아침에 출근할 때도, 저녁이나 밤에 퇴근해서 돌아올 때도. 그리고 제가 낮에 그림을 그리러 나갈 때도요. 맨션 앞을 지날 때마다 꽃이 피어 있다니, 정말 멋지지 않나요?"

곰의 말에 나는 언제나 귀여운 꽃이 피어 있는, 사랑스러운 맨션 입구를 머릿속으로 그려보았다. 아침 출근길에도, 지쳐 돌아오는 퇴근길에도 꽃들이 나를 배웅하고 맞이해준다. 그래, 그건 정말 멋진 일이다.

"그거 정말 좋다! 꽃 피는 게 벌써 기대돼."

나도 모르게 싱글벙글 웃으며 말했다. 어쩐지 나까지 곰을 닮아가는 것만 같다.

"유리코 씨, 아직 꽃모종을 심지도 않았는데요."

나와 곰은 동시에 서로 얼굴을 마주 보며 큭큭 웃었다.

여름이 몹시 기다려진다.

작은 선물을 들고

“그렇게까지 고심하지 않아도 된다니까 그러네……,
참.”

잔뜩 인상을 쓴 채 진열장을 노려보는 곰. 물론 이토록
진지하게 고심하는 게 나쁘다고는 생각하지 않지만, 이다
지도 심각해지면 옆에 있는 나만 난처해지는 것은 아닐 테
다. 아니나 다를까, 곰의 표정을 보고는 점원인 사슴 언니
도 난감해하는 기색이 역력했다.

“저 손님, 어떤 걸로 하실지 고민이신가요? 괜찮으시다
면 제가 도와드릴 수도 있는데요…….”

흰 셔츠 유니폼이 잘 어울리는 사슴 언니. 똘망똘망한 눈망울이 참 귀엽다. 대학생이려나? 그런 생각을 하며 다시 곰을 본다. 하지만 곰은 들은 척도 하지 않는다.

곰의 시선은 여러 종류의 과자 선물 세트에 꽂혀 있다. 곰은 "마들렌으로 할까? 아닌가, 비스킷이 나을지도……. 아니지, 젤리가 더 좋으려나……" 하고 중얼중얼 혼잣말을 멈추지 않는다.

곰은 밀짚모자를 쓰고 있는데 진열장에 얼굴을 바짝 들이댄 탓에 모자챙이 유리에 눌려 휘어져 있다. 그렇게까지 진지할 필요는 없는데…….

"다음 주 여름휴가 때 고향집에 가려고 하는데, 곰도 같이 갈래?"

지난 일요일 점심, 곰의 집에서 소면을 먹고 있을 때 넌지시 말을 꺼냈다. 우리 엄마가 만든 닭고기 달걀덮밥을 먹고 싶다고 했던 게 떠올랐기 때문이다.

참고로 소면은 차가운 간장 육수에 채 썬 차조기, 오이, 생강, 달걀지단, 햄, 매실장아찌를 올린, 곰 할머니의 말씀을 빌리자면 '정통 토핑' 스타일이었다. 올여름, 나는 몇 번이나 곰의 집에서 이 정통 토핑 스타일의 소면을 대접받았다.

"정말요?! 야호! 갈래요, 꼭 갈래요!"

곰은 아이처럼 좋아했다. 이렇게나 기뻐할 줄은 몰랐기에 조금 놀랐다. 결국 그렇게 해서 오늘은 곰과 함께 고향 집에 가게 되었다.

아침 9시에 우리는 맨션을 나섰다. 커다란 밀짚모자를 쓴 곰. 밀짚모자는 곰에게 아주 잘 어울렸다. 길을 걸으며 "잘 어울리네"라고 말하자 곰은 활짝 웃으며 "고마워요!" 하고 큰 소리로 답했다.

매미의 대합창을 들으며 역으로 향하는 길, 곰은 불쑥 엄마에게 줄 선물을 사고 싶다고 말했다. 나는 굳이 그럴 필요 없다고 했지만, 곰이 세차게 고개를 저어서 결국 이렇게 역 앞의 양과자점에 와 있는 것이다.

"저어, 손님……."

사슴 언니가 다시 한번 곰에게 말을 건넨다. 하지만 여전히 반응이 없다. 다른 손님은 없었으나 아무래도 사슴 언니가 안쓰럽다.

나는 고개를 절레절레 저으며 곰이 쓴 밀짚모자를 오른

손으로 살짝 내리쳤다. '푸숙' 하고 가벼운 소리가 났다.

"응? 유리코 씨?"

곰이 멍한 얼굴로 나를 바라본다.

"이렇게 진지하게 고민해주는 건 고마운데."

"……고마운데?"

"진열장에 얼굴을 너무 바짝 붙였어."

"네? 아! 앗, 죄송해요."

곰은 화들짝 놀란 얼굴로 허둥지둥 사슴 언니에게 사과했다. 곁눈질로 사슴 언니를 슬며시 살펴보았더니 안도한 표정을 짓고 있다.

"난 피낭시에랑 마들렌이 먹고 싶어."

"피낭시에랑 마들렌이요? 유리코 씨 어머니도 피낭시에랑 마들렌 좋아하세요?"

곰이 팔짱을 끼고는 으음 하고 고민하면서 물었다.

"우린 입맛이 비슷하니까 엄마도 분명 좋아할 거야."

나는 은근슬쩍 거짓말을 했다. 사실 엄마 취향이 어땠는지는 잘 기억나지 않고 그저 내가 먹고 싶었을 뿐이다.

"알겠어요! 사슴 누나, 이 마들렌이랑 피낭시에 세트 하나 주세요!"

곰이 드디어 마음을 정하자 사슴 언니는 안도한 듯 아주 밝고 귀여운 미소로 "네, 알겠습니다!" 하고 대답했다.

역시 이 언니 정말 귀엽다. 구운 과자를 척척 준비하는 모습까지 넋 놓고 봐야 할 정도다. 나는 귀여운 사슴 언니를 향해 '난처하게 해서 미안해요'라고 마음속으로 사과했다.

우리는 선물을 사서 지하철역으로 갔다. 그리고 전철에 올라 나란히 앉은 지도 두 시간이 흘렀다. 오른편에 앉은 곰은 기분 좋게 자고 있다. 나는 분명 책을 읽고 있었는데 어느새 까무룩 잠들어버린 모양이다.

내가 눈뜬 건 우리가 내려야 할 역 바로 전역에 도착한다는 안내 방송이 흘러나오고 있을 때였다. 나는 곰 어깨에 기대어 곤히 잠들어 있었다.

"아, 미안!"

나는 부랴부랴 자세를 고치고 곰을 쳐다보았다. 그러나 곰은 여전히 단잠에 빠져 있다. 뭐야, 눈치채지 못한 걸까? 다행인 것 같기도, 아닌 것 같기도 하고 괜히 쑥스러워지기도 하는…… 뭐라 이름 붙이기 어려운 감정이었다. 가슴속이 어쩐지 헝클어져 답답했다.

그렇게 어영부영하는 사이 곧 고향집에서 가장 가까운 역에 도착한다는 안내 방송이 흘러나왔다.

"곰아, 어서 일어나! 다 왔어!"

전철이 멈추는 것과 동시에 나는 오른손으로 곰의 코를 꾸욱 꼬집었다.

푸허억!

곰은 무슨 일인가 싶어 눈을 홉뜨고 두리번거리다 벌떡 일어섰다. 정말이지 한없이 무방비한 녀석이다. 나는 우왕좌왕하는 곰을 뒤로한 채 먼저 전철에서 내렸다. 당연히 곰이 곧바로 뒤따라오리라 생각하며 뒤돌아보았는데 그제 야 곰과 나 사이에 2미터 이상 거리가 벌어져 있음을 깨달 았다.

덜컹, 치익…….

요란뻑적지근한 소리를 내며 전철 문이 닫힌다.

"아! 앗! 유리코 씨, 죄송해요! 금방 다시 올게…….""

"뭐? 곰, 너!"

곰이 내리려던 바로 그 순간 문은 매정하게 닫혔고 전철 은 그대로 천천히 움직이기 시작했다. 곰을 태운 채 전철은 점점 멀어져 간다.

"정말이지, 저 녀석은…… 어휴…….”

나는 한숨을 푹 내쉬었다.

알고 있다. 내가 잘못했다는 것쯤은. 알고는 있지만 설마 이런 일이 벌어질 줄 누가 알았겠냐고!

불볕더위 속에서 나는 플랫폼 벤치에 앉아 곰이 돌아오기를 기다렸다.

"오래 기다리셨죠…….”

전철에서 미처 내리지 못한 곰과 무사히 합류했다. 곰은 얼굴이 새빨갰다. 부끄러워서일까, 더위 때문일까. 아마 둘 다겠지. 다행히 선물도 잘 들고 있다. 혹시 허둥대다 전철 안에 두고 내리면 어쩌나 염려했는데 괜한 걱정이었다.

우리는 역사를 빠져나왔다. 양산을 쓴 나는 곰보다 살짝 앞서 걸었다. 뭐, 앞섰다고 해봐야 한 발짝 정도였다. 고작 한 발짝일 뿐인데 그 작은 간격이 어째서인지 신선하게 느껴진다. 늘 곰과 나란히 걷거나 아니면 내가 뒤에 있었기 때문일까.

역에서 고향집까지는 익숙한 길이다. 호젓한 주택가를 빠져나오고 오래전 다녔던 초등학교 앞을 지나 작은 공원을 가로질러 걷는다.

"처음 와보는 동네를 걷는 건 참 즐겁죠?"

주위를 두리번거리며 걷는 곰. 처음인 건 너뿐인데 하고 말하려다 그만두었다. 그 대신 그러게 하고 가볍게 맞장구쳤다.

"아, 처음인 건 나뿐이지!"

내가 기껏 맞장구를 쳐주었건만 대번에 눈치챈 곰. 내가 씨익 웃으며 올려다보자 곰은 모자를 살짝 내려 얼굴을 가렸다. 이 녀석은 어쩜 이리도 허술할까.

고향집이 보이기 시작했다. 이렇게 다시 돌아오게 될 줄이야. 작년까지만 해도 상상조차 할 수 없던 일이다. 더군다나 반달가슴곰을 데리고 오다니, 꿈에도 생각지 못했다…….

생각해보니 애초에 이 집에 누군가를 초대하는 것 자체가 처음 있는 일이다. 아마도 처음일 것이다. 그래서일까, 왠지 감개무량하다.

차도 옆의 인도를 신나게 걷는 곰의 손에는 어느새 강아지풀 한 줄기가 들려 있다. 오른손에는 선물, 왼손에는 푸릇푸릇한 강아지풀. 곰은 이따금 강아지풀을 살랑살랑 흔들며 가지고 놀았다.

강아지풀이 자라기에는 아직 좀 이른 것 같은데, 성미가 급한 강아지풀인가? 그렇게 생각하며 즐겁게 가지고 노는 곰을 바라보는데 괜스레 마음이 포근해졌다. 그렇게 걷다 보니 어느새 우리는 목적지에 다다랐다.

"우리 집에 오신 걸 환영합니다."

이럴 땐 뭐라고 말해야 할까. 열쇠를 끼워 넣으며 간신히 쥐어짜낸 말이건만 어색하기 짝이 없는 인사말에 공연히 얼굴이 찌푸려질 것만 같다.

문을 열고 곰을 안으로 들인다. 곰은 곧장 "안녕하세요! 실례하겠습니다!" 하고 우렁차게 인사했다. 그 목소리가 현관에 울려 퍼지자마자 엄마가 타닥타닥 슬리퍼를 끌고 나타났다.

"어서 오렴. 두 팔 벌려 환영해. 기다리고 있었단다."

엄마 얼굴을 본 순간 아, 우리는 역시 모녀구나 싶었다. 손님을 맞아본 적이 별로 없어서일까. 엄마도 나와 마찬가지로 자신이 한 말에 만족하지 못하는 듯한 표정을 짓고 있다. 아니, 애초에 곰을 초대하는 일에 익숙한 사람이 세상에 얼마나 되겠는가. 심지어 인간 몸에 맞춰 지은 집에 말이다.

긴장한 듯한 엄마와 달리 곰은 긴장한 기색 하나 없이 집 안으로 성큼성큼 들어섰다. 하긴 바로 직전까지 강아지풀로 장난치던 곰이 아니던가. 어라, 그나저나 강아지풀은 어디로 사라진 걸까. 조금 전만 해도 곰이 쥐고 있던 강아지풀이 감쪽같이 사라졌다.

혹시라도 어색한 분위기가 되면 어쩐담 하고 걱정했는데 나의 염려는 기우였다. 내가 세면대에서 손을 씻고 거실에 들어서자 곰이 "별건 아니지만……" 하고 엄마에게 선물을 내밀었다. 그와 동시에 꼬르륵 소리가 울렸다. 소리의 진원지는 물론 곰의 배였다.

"죄송해요. '점심때가 됐네' 하고 생각했더니 어쩐지 배가 고파져서……."

곰은 머리를 긁적이며 쑥스러운 듯 웃었다. 그러고 보니 슬슬 점심시간이다. 벽에 걸린 시계를 올려다보니 때마침

시곗바늘이 정오를 가리킨 참이었다. 나도 배가 고팠다.

"엄마, 나도 배고파."

곰의 배꼽시계 덕에 나는 아주 자연스럽게 내 의견을 펼칠 수 있었다. 그런 우리를 보며 엄마는 후후후 웃었다.

"그래, 점심 먹자. 닭고기 달걀덮밥을 준비해뒀어. 식탁에 앉아서 잠깐만 기다려줘."

그렇게 말하며 부엌으로 향하는 엄마 얼굴에는 긴장의 빛이 싹 사라졌다.

"정말 맛있어요!"

곰은 엄마가 만든 덮밥을 극찬했다. 큼지막한 닭고기, 촉촉한 달걀, 부드럽게 익은 양파. 어린 시절부터 변함없는 엄마표 닭고기 달걀덮밥. 이따금 흉내 내서 만들곤 했지만 역시 이 맛은 따라잡을 수 없다. 그리고 덮밥과 함께 나온 두부와 양파, 미역이 들어간 된장국도 아주 맛있었다.

겨울에 가출 이후 처음으로 엄마를 만나고 나는 한 달에 한 번꼴로 얼굴을 비치고 있다. 하지만 닭고기 달걀덮밥은 곰과 함께 먹고 싶어서 꾹 참고 있었다.

"응, 역시 엄마표 닭고기 달걀덮밥은 되게 맛있어."

나도 내 감정을 있는 그대로 솔직하게 말했다. 그러자 식탁을 사이에 두고 맞은편에 앉은 엄마가 수줍게 웃었다.

"너까지 왜 그래. 그냥 평범한 닭고기 달걀덮밥일 뿐인데. 여태 한 번도 그런 말 한 적 없었으면서."

"그랬었나?"

나도 모르게 고개를 갸웃했다.

"그랬어. 그래서 네가 닭고기 달걀덮밥을 먹고 싶다고 했을 때 내가 얼마나 놀랐다고."

"흐음, 그랬구나."

엄마와 그런 대화를 주고받는데 옆에서 불현듯 시선이 느껴졌다. 곰이 방긋 웃는 얼굴로 나를 보고 있었다. 그만 쑥스러워진 나는 식탁 밑으로 곰 발을 슬쩍 걷어찼다.

"아얏."

얼굴을 찡그리며 아파하는 곰. 그런 곰을 보며 "어머, 왜 그래?" 하고 의아해하는 엄마. 그런 둘을 무시하는 나. 나는 아무렇지도 않게 묵묵히 덮밥을 먹었다.

"아뇨, 괜찮아요. 아, 그런데 저기……."

곰은 엄마 얼굴을 슬며시 보더니 갑자기 머뭇거리기 시작했다. 뭐지? 조금 전만 해도 그렇게 기운차더니. 곰의 태도가 별안간 바뀌어서 나는 신경이 쓰였다.

"왜 그러니?"

엄마도 움직이던 손을 멈추고 곰을 보았다.

"덮밥을 더 먹어도 될까요? 덮밥도 된장국도 너무 맛있어서 정신없이 먹었더니 아직 조금 배가 고파서…… 죄송합니다……."

곰이 스윽 몸을 웅크렸다. 곰 앞에는 이미 텅 빈 덮밥 그릇과 국그릇이 나란히 놓여 있다. 엄마는 순간 놀란 표정을 지었으나 이내 서서히 표정이 풀리더니 마지막엔 아하하하 하고 호탕하게 웃었다. 나도 덩달아 웃어버렸다.

"그럼, 물론이지. 안 그래도 대식가라는 말을 들어서 넉넉하게 준비해뒀단다. 덮밥 한 그릇 더 만들 수 있는데 먹을래?"

한바탕 웃느라 눈가에 눈물까지 맺힌 엄마가 그렇게 묻자 곰의 얼굴이 환하게 빛났다.

"정말요? 감사합니다! 잘 먹겠습니다!"

곰의 활기찬 목소리가 집 안 가득 울렸다. 기쁘게 활짝 웃는 곰을 보며 데려오길 참 잘했다고 진심으로 생각했다.

곰은 덮밥을 깨끗이 비운 후 엄마에게 덮밥 레시피를 알려달라고 부탁했다.

"그냥 옛날 요리책에서 본 평범한 레시피일 뿐인데…… 그래도 괜찮니?"

별것도 아니라는 듯 멋쩍게 말하는 엄마를 향해 곰은 방긋방긋 웃었다.

"네, 꼭 부탁드려요."

곰의 우렁찬 목소리가 또다시 집 안에 울렸다.

"그래? 그럼 책 찾아올게."

그렇게 말한 엄마는 영차 하고 몸을 일으키더니 경쾌한 발걸음으로 복도 너머로 사라졌다. 기대에 찬 눈빛으로 엄마를 기다리는 곰을 보며 새삼 그 뛰어난 적응력에 감탄했다. 그러나 동시에 한숨도 나올 것만 같았다.

설마 이렇게 빨리 엄마와 친해질 줄이야……. 여기 오기 전에는 과연 엄마랑 잘 지낼 수 있을까 걱정까지 했는데.

"왜 그래요? 그렇게 뾰로통한 얼굴로."

나도 모르게 입술을 삐죽였던 모양이다. 불만 가득한 내 얼굴을 보고 곰이 고개를 갸웃거린다.

"아무것도 아니야."

나는 적당히 얼버무리려 했는데 곰이 뒤에서 장난꾸러기처럼 조그맣게 말했다.

"혹시 삐친 거예요?"

울컥한 나는 식탁 밑에서 곰 발을 뒤꿈치로 꾹 밟았다. 그러자 곰이 천장을 올려다보며 "아얏!" 하고 작게 외쳤다. 그 순간 엄마가 타닥타닥 슬리퍼 소리를 내며 돌아왔다.

"이 책에 담긴 레시피인데…… 어머, 무슨 일이야?"

엄마는 천장을 올려다보는 곰을 쳐다보며 고개를 갸웃거린다.

"아, 아무것도 아니에요……."

곰은 시무룩한 목소리로 말하고는 고개를 천천히 떨구었다. 나는 그런 곰을 무시하고는 "나도 레시피 배울래"라며 엄마가 들고 있던 요리책을 건네받아 식탁 위에 펼쳤다.

오랜 세월의 흔적이 배어 있는 교과서 같은 요리책을 팔랑팔랑 넘긴다. 봄, 여름, 가을, 겨울 순으로 제철 식재료를 활용한 레시피가 실려 있고, 손이 많이 가는 요리부터 간단한 조림까지 다채로운 사진이 지면을 장식하고 있다.

책장을 넘기다 문득 깨달았다. 군침 도는 음식 사진들이 왜 낯이 익나 했더니 모두 엄마가 만들어준 메뉴들이었다.
엄마는 이 책을 보며 나에게 밥을 차려주고 있었던 것이다.

"우와, 전부 다 맛있어 보여요!"

그런 생각을 하며 계속해서 팔랑팔랑 책장을 넘기는데
어느새 곰이 옆에서 눈을 반짝이며 들여다보고 있었다.

"응, 이 책의 레시피는 뭐든 다 맛있더라고."

"역시! 그렇군요. 아! 이 미네스트로네(이탈리아식 채소 수
프-옮긴이) 정말 맛있어 보여요!"

곰이 오동통한 손가락으로 가리킨 사진은 식욕을 돋우
는 붉은 수프에 건더기가 푸짐하게 들어간 미네스트로네였
다. 그러고 보니 엄마가 만드는 미네스트로네도 이 사진처
럼 건더기가 많았던 것 같다.

문득 엄마가 신경 쓰여 고개를 들자 엄마는 따뜻한 눈길
로 우리를 바라보고 있다.

"너희 정말 사이가 좋구나."

내 시선을 눈치챈 엄마가 은은한 미소를 지으며 그렇게
말했다.

"네! 유리코 씨가 저랑 잘 지내주거든요."

뭐라고 대답해야 할지 몰라 망설이는 사이에 옆에서 곰

이 엣헴! 하고 가슴을 활짝 펴며 말했다. 대체 뭐가 그리도 자신만만한 걸까. 그런 곰을 보고 있자니 공연히 내 얼굴이 달아오르는 것만 같다.

"그럼 다행이네. 앞으로도 사이좋게 지내줘."

"네, 물론이죠!"

유순하게 미소 짓는 엄마와 방긋 웃으며 어깨를 으쓱이는 곰. 나는 고개를 돌려 필사적으로 얼굴을 감췄다.

우리는 요리책을 펼쳐놓고 평소에 어떤 요리를 하는지 한참 이야기를 나눴다. 지금 제철 재료는 이거라는 둥 슬슬 그걸 먹을 때라는 둥 추천하는 조리법은 이거라는 둥 엄마와 곰의 대화는 끝없이 이어졌다.

나는 곰이 가져온 구운 과자를 한 손에 들고 엄마가 내온 홍차를 마시며 빠른 속도로 이어지는 그들의 대화를 그저 묵묵히 듣고만 있다.

엄마가 곰이 굽는 핫케이크에 큰 관심을 보여서 다음에 올 때 곰이 구워주기로 했다. 처음 만난 날 이렇게까지 친해질 줄은 생각지도 못했지만 뭐, 이제는 그다지 놀랍지도 않다. 그도 그럴 게…… 곰이니까.

창으로 붉은 석양이 쏟아져 스며들 즈음, 우리는 돌아가기로 했다. 내가 신발을 신고 있는데 "잠깐 근처까지 배웅해줄게" 하고 엄마도 샌들을 꿰신고 현관 앞으로 나왔다.

"또 올게."

평소와 같은 나. 쑥스럽지 않고, 얼굴도 뜨겁지 않다.

"언제든 놀러 오렴."

평소와 같은 엄마. 나와 곰을 향해 환하게 웃으면서 말했다.

"정말요? 야호! 또 놀러 올게요!"

평소와 같은 곰. 아니, 평소보다 곰절은 더 신나 보인다. 응, 목소리가 유난히 크다. 그런 곰을 응시하며 조금 어이없어하는데 엄마와 눈이 마주쳤다. 우리는 후후후 하고 웃었다.

"그럼 갈게."

내가 그렇게 말하고 우리는 역을 향해 걷기 시작했다. 발걸음을 옮기자마자 곰이 "아, 맞다!" 하며 뒤돌아보고는 "핫케이크 구우러 꼭 올게요!" 하고 외쳤다. 소리치지 않아도 충분히 들릴 거리였고 이웃에게 민폐가 된다고 생각했지만 말리지는 않았다. 엄마가 얼굴 가득 웃음 짓고 있었으니까.

"오늘은 정말 감사했습니다!"

곰은 손을 크게 흔들며 외쳤다. 그런 곰을 향해 엄마도 작게 손을 흔들어 답했다. 엄마의 얼굴이 붉게 물든 건 단순히 저녁놀 때문만은 아닐 거라고 생각했다. 그래, 역시 우리는 모녀가 맞다.

얼마 동안 걷고 있는데 시야 끝에 무언가 흔들리는 물체가 있었다. 뭔지 옆을 보니 곰이 강아지풀을 쥐고 있다. 아무래도 우리 집 현관 한쪽에 두었던 모양이다. 정말이지 제멋대로인 곰이다. 남의 집에 놀러 와서 현관에 강아지풀을 놓아두다니, 그런 이야기는 지금껏 들어본 적이 없다.

"맞다, 다음에 유리코 씨 어머니를 우리 맨션에 초대하는 건 어때요?"

곰이 불쑥 말했다. 곰을 쳐다보니 얼굴에 '좋은 생각이 났다!'라고 쓰여 있는 듯했다. 생각이 그대로 드러나는 곰의 오른손에서 강아지풀이 살랑 하고 흔들린다.

"음…… 생각해보니 한 번도 부른 적이 없어."

"거리가 있으니까 어머니가 오시기 힘들까요?"

"글쎄, 그래도 한 번쯤은 초대하는 게 좋을 것 같기도 하
네."

"그렇죠?"

옆을 보지 않아도 알 수 있다. 곰은 분명 의기양양한 표
정을 짓고 있으리라. 후훗 하고 가슴을 활짝 펴고 있는 기
척이 옆에서 물씬 느껴졌으니까.

한낮의 열기가 식지 않은, 석양에 감싸인 세상을 곰과
나란히 걷는다. 예상치 못한 일도 더러 있었지만, 참 즐거
운 하루였다는 생각이 절로 들었다.

"오늘은 초대해주셔서 감사해요. 정말 즐거웠어요!"

내가 다녔던 초등학교 앞에 이르렀을 때 곰이 문득 진지
한 목소리로 말을 꺼냈다. 올려다보니 시선이 똑바로 마주
쳤다. 곰은 검게 빛나는 맑은 눈을 하고 있다.

"유리코 씨 어머니는 참 멋진 분이세요."

누군가가 우리 엄마를 멋진 분이라고 말해준 게 처음이
어서 왠지 모르게 간질거렸다. 결코 싫은 기분은 아니었고
보들보들, 따끈따끈, 포근하면서 기뻤다. 신기한 감정이
다. 예전의 나라면 절대로 이런 감정을 느끼지 못했을 것이
다. 내 안에서 엄마와의 관계가 조금씩 변해가고 있음을 새

삼 깨달았다.

"그렇지? 나의 자랑스러운 엄마인걸."

용기 내어 말해보았다. 그런데 말하자마자 얼굴이 달아올랐기에 곰이 들고 있던 강아지풀을 휙 낚아채 흔들어보았다. "앗!" 하고 놀라는 곰을 무시한 채 살랑살랑 흔들리는 강아지풀을 바라보며 왠지 모르게 즐거워졌다.

"나야말로 고마워."

기껏 노력해서 말했는데 어쩐지 불퉁스러운 말투가 되어버렸다. 그런 나 자신이 부끄러웠지만 강아지풀을 흔들자 아주 조금 기분이 나아졌다.

"뭘요, 제가 더 고맙죠."

그렇게 말하는 곰의 미소가 무척 다정했다.

"누군가가 우리 엄마를

멋진 분이라 말해준 게 처음이었다.

왠지 간질거렸지만 결코 싫지 않았다.

보들보들, 따끈따끈, 포근하면서 기뻤다."

여름밤의 불꽃놀이

누구의 잘못도 아니다. 잘못은 나에게 있다. 발목을 삐끗했다.

늦은 오후, 수채화 물감으로 옅게 칠한 듯한 하늘을 올려다보며 타달타달 걷고 있었다. 울어대는 매미 소리를 들으며 여름도 이제 곧 끝나겠네. 그런 생각을 하는데 뚜둑 발목이 꺾여버렸다. 도로에 처량한 소리를 남기며 중력에 순순히 몸을 내맡긴 채 털썩 쓰러졌다.

모처럼의 유급 휴가. 역 앞 서점에 들러 요리책을 살펴보고 집으로 돌아가는 길이었다. 물론 요즘은 레시피 사이

트나 앱만으로도 얼마든지 요리를 할 수 있다. 하지만 며칠 전 고향집에서 엄마의 요리책을 본 뒤로 한 권 정도는 갖고 있어도 좋겠다는 생각이 들어 서점에 들른 참이었다.

마음에 드는 책이 몇 권 눈에 들어오긴 했다. 하지만 어느 것도 결정적인 한 방이 없었달까. '이거다!' 싶은 게 없어서 결국 빈손으로 발길을 돌렸다.

모처럼 기분 좋게 보내던 하루였는데, 조금……, 아니, 꽤 속상하다.

다행히 피는 나지 않았다. 입고 있던 청바지가 살짝 해졌을 뿐 옷도 찢어지지 않았다. 하지만, 하지만, 하지만…….

"아야아앗……!"

도저히 참을 수 없어 비명이 터져 나왔다. 아프다. 너무 아프다. 발라당 넘어진 게 너무 오랜만이라 이다지도 아프다는 사실을 까맣게 잊고 있었다. 더군다나 뜨겁다. 여름이 끝나가는데도 아스팔트는 여전히 활활 타오르고 있었다.

엎어진 충격으로 곧바로 일어나지 못한 채 한동안 뭉크러진 휴지처럼 구겨져 있었다. 아프기도 하고 뜨겁기도 하고 왠지 눈물이 폭 쏟아질 것만 같았다. 하지만 길 한복판에서 울고 싶지는 않다. 나는 거의 눈꼬리까지 넘어온 눈물을 간신히 삭이며 눈물 대신 한숨을 내쉬었다.

"저기, 괜찮으세요? 일어날 수 있으시겠어요?"

등 뒤에서, 아니 정확히는 위쪽에서 목소리가 내려왔다. 화들짝 놀라 돌아보니 단단히 다져진 갈색 다리가 눈에 들어왔다. 그 다리를 따라 올려다보자 커다란 말이 나를 내려다보고 있다. 찰랑찰랑 윤이 나는 털을 가진 잘생긴 말 청년이었다.

"일어날 수 있으시겠어요? 죄송해요. 저는 보시다시피 손을 빌려드릴 수가 없어서요……."

"아, 아뇨. 마음 써주셔서 감사합니다."

사족보행하는 말 청년의 미안해하는 표정에 나는 황급히 몸을 일으키고 발에 묻은 먼지를 털어냈다. 하지만 이내 발목에 통증을 느끼고는 "악!" 하고 비명을 터뜨리며 휘청거렸다.

아아, 나는 또 넘어지는 건가. 하루에 두 번씩이나 넘어지다니 운도 지지리 없지. 그런 생각이 스쳤다.

천천히 기울어지는 세상. 모든 것이 느린 동작으로 보

였다. 시야는 아주 천천히 움직이는데 내 몸은 도무지 말을 듣지 않고 그저 바닥에 착지하기만을 기다리는 것 같았다.

폭…….

어라? 넘어지지 않았다. 정신을 차려보니 나는 검고 커다란 손에 안겨 있다. 올려다보니 거대한 고릴라가 나를 내려다보고 있지 않은가. 흰 머리칼이 드문드문 보이는 멋진 중년의 고릴라 신사였다.

"괜찮으십니까? 발을 다치신 것 같군요."

"가, 감사합니다. 아무래도 오른쪽 발목을 삐끗한 것 같아요……."

"그거 큰일이군."

고릴라 아저……, 아니, 고릴라 신사는 그렇게 말한 뒤 내 오른발을 살펴보더니 옆에 서 있던 말 청년을 보았다. 고릴라 신사와 말 청년은 서로 얼굴을 마주 보고는 고개를 끄덕이며 눈빛을 주고받았다.

"아가씨, 댁은 이 근처인가요?"

고릴라 신사의 갑작스러운 질문에 당황하면서도 나는 "네, 걸으면 10분 정도예요" 하고 순순히 답했다.

"잘됐군요. 괜찮으시다면 이 친구 등에 타시겠습니까?

댁까지 모셔다드리지요."

고릴라 신사는 곧게 뻗은 엄지손가락으로 옆에 있는 말 청년을 가리켰다. 말 청년도 청량한 미소를 띠며 나를 바라보았다. 이분들 뭐지, 너무 멋지잖아.

"엇, 정말 그래도 될까요?"

"물론이죠."

내가 지칫거리고 있는데 말 청년이 보들보들한 목소리로 말했다.

"그럼, 신세 좀 지겠습니다……. 정말 감사합니다."

기쁘기도 하고 쑥스럽기도 해서 나는 마음이 혼란스러웠다. 그러나 발목이 꽤 욱신거렸기 때문에 이 제안은 더없이 고마웠다.

"그럼 바로 태워드리지요."

고릴라 신사는 그렇게 말하자마자 "잠시, 실례하겠습니다" 하고 나를 뒤에서 번쩍 들어 올렸다. 그리고 능숙한 손길로 말 등에 태워주었다.

"승차감은 어떠신가요?"

말 청년이 고개를 아주 조금 돌려 물어봐 주었다. 그렇구나, 말은 시야가 넓으니까 이렇게 조금만 고개를 움직여

도 뒤를 볼 수 있구나. 나는 그 사실을 깨닫고 살짝 기분이
좋아졌다.

"생각보다 높아서 놀랐어요. 저, 생전 처음 말을 타보거
든요……."

나는 살짝 긴장하며 대답했다. 그렇다. 말 청년의 등은
생각보다 높았고 조금 딱딱했다. 하지만 딱딱하다고 말하
는 건 왠지 실례일 것 같아 말하지 않기로 했다.

청량한 미남형 말 청년과 멋쟁이 고릴라 노신사는 이웃
사이였다. 말 청년은 올해 대학을 졸업해 이제 막 사회생활
을 시작했고, 고릴라 신사는 연금으로 생활하고 있다. 나
이 차는 꽤 나지만 같은 맨션에 살다 보니 종종 만난다고 한
다. 오늘은 장을 보고 돌아가는 길에 근처에서 한잔하려던
참이었다고 한다.

"죄송해요. 멀리 돌아가게 해서."

죄송한 마음에 사과하자 말 청년이 고개를 힘차게 푸우
푸우 저었다.

"천만에요. 어려울 때는 서로 도와야죠. 그렇죠?"

말 청년이 고릴라 신사를 향해 싱그럽게 웃으며 묻자 고

릴라 신사는 다정한 미소를 지으며 "그럼요. 마음 쓰실 필요 없습니다" 하고 말했다. 아아, 어쩜 이다지도 상냥할까. 나는 가슴이 뭉클해졌다.

맨션이 가까워지자 개화 시간을 무시한 채 피어난 새하얀 박꽃과 달맞이꽃이 보이기 시작했다. 여름이 오기 전에 곰과 함께 심었던 나팔꽃, 메꽃, 박꽃, 달맞이꽃. 가을 발소리가 들려오기 시작했는데도 여전히 아름답게 꽃을 피우고 있다.

"저 흰 꽃이 피어 있는 맨션 앞까지만 부탁드릴게요."

내가 그렇게 말했을 때였다. 꼭 짜기라도 한 듯 초록색 물조리개를 한 손에 든 곰이 맨션 앞에 나타났다.

"아, 곰이다."

내가 무심코 중얼거렸더니 곰 귀가 움찔움찔 움직였다. 그리고 이쪽을 향해 활짝 웃는 얼굴로 "유리코 씨!" 하고 말을 하다 말았다. 그래, 아마 말을 하다 만 것 같았다.

"유리코 씨……, 와아! 와! 대단해요! 멋진데요? 말 청년을 다 타고 이게 무슨 일이에요?"

곰은 마치 눈동자에 LED라도 심어놓은 것처럼 두 눈을 반짝이며 외쳤다.

"아시는 분인가 보군요."

"……네, 같은 맨션에 사는 이웃이에요."

부드럽게 미소 지으며 나를 바라보는 고릴라 신사의 눈을 나는 그만 피하고 말았다. 얼굴이 뜨겁게 달아올라 금방이라도 김이 뿜어져 나올 것만 같았으니까.

곰은 말 청년 등에 올라탄 나를 봤을 때는 두 눈을 반짝였으나 고릴라 신사에게 자초지종을 듣고는 순식간에 그 빛이 사그라들었다.

"이곳까지 데려다주셔서 정말 감사합니다."

보호자라도 되는 것처럼 꾸벅꾸벅 고개를 숙이며 감사 인사를 전하는 곰을 향해 고릴라 신사는 "별말씀을 다 하십니다" 하고 정중히 말했다. 지금까지 고릴라라고 하면 투박하고 야성적인 이미지가 맨 먼저 떠올랐는데 눈앞의 고릴라 신사는 전혀 그렇지 않고 그저 초로의 신사로만 보였다. 이분, 정체가 뭐지?

"유리코 씨, 내려드릴게요."

내가 골똘히 그런 생각을 하고 있는데 뒤에서 익숙한 목소리가 들려왔다. 그리고 그 목소리가 채 끝나기도 전에 곰이 나를 휙 하고 가뿐히 들어 올리고는 아쉬워할 새도 없이 땅에 내려놓았다.

"안 아파요?"

곰이 걱정스레 물었다. 내가 "이제 통증도 거의 가라앉았고, 괜찮아"라고 대꾸하자 곰은 가슴을 쓸어내리며 안도했다.

"구급상자가 있으니까 우리 집으로 오세요. 간단하게나마 치료해드릴게요."

"고마워. 그럼 부탁 좀 할게."

우리 집에는 반창고랑 소독약밖에 없어서 곰의 제안은 정말 고마웠다.

"얼른 나으시길 바랍니다."

산뜻한 미소를 띤 말 청년이 건네는 말에 나는 "데려다주셔서 정말 감사합니다" 하고 인사하면서도 실은 내 머릿속은 딴생각으로 가득 차 있었다. 말 청년 등에 올라탄 게 너무 즐거워서 언젠가 또 이런 기회가 생기면 좋겠다고 생각했다. 그때 시야 한구석에서 무언가가 반짝였다.

"저어, 실은 저도 언젠가 말을 타보고 싶다고 생각했는데요……."

두 눈을 반짝이며 말 청년에게 이야기하는 곰을 보고 나도 모르게 눈을 비볐다. 암만 봐도 넌 너무 무겁잖아. 말 청년을 보니 자그마하고 귀여웠던 눈이 한층 더 작아져 새까만 점이 되어 있었다.

“혹시 아시는 분 중에 저를 태워주실 만한 분은 안 계실까요?”

곰의 질문을 들은 나는 하마터면 그대로 주저앉을 뻔했다. 아니, 이건 그냥 태워달라는 얘기잖아! 아주 대놓고 ‘나도 타보고 싶다’고 말하지 왜! 나는 속으로 외쳤다. 하지만 뭐, 그래도 그나마 다행이다. 이 산뜻한 ‘훈남’ 말 청년이 곰을 태우는 건 누가 봐도 무리다. 곰은 그래도 자신을 객관적으로 보고 있기는 한 모양이다.

“네? 아, 아는 분 중에서요? 음……, 맞다! 운송업을 하는 삼촌이 계시는데, 그 삼촌이라면 태워줄 수 있을지도 몰라요!”

분명 이 산뜻한 ‘훈남’도 내심 나한테 태워달라고 말하는 건 아니겠지 하고 잔뜩 긴장했으리라. 그의 얼굴에 스르르 안도감이 번졌다. 그런 그를 바라보며 고릴라 신사가 재미있다는 듯 웃음을 터뜨렸다.

“정말인가요?”

“네, 다음에 삼촌한테 여쭤볼게요.”

“야호! 감사합니다!”

기뻐서 펄쩍펄쩍 뛰는 곰을 보고 있자니 덩달아 나까지 마음이 따뜻해졌다.

“그럼 저희는 이만 가보겠습니다.”

고릴라 신사는 그렇게 말하고 말 청년과 함께 발걸음을 돌렸다. 멀어져 가는 그들을 배웅한 뒤 ‘자, 그럼 곰 집에 가볼까’ 하고 생각하던 찰나, 내 몸이 또다시 휙 하고 들어 올려졌다.

“유리코 씨, 발이 통통 부었는데 무리해서 걸으면 안 돼요.”

“아니야, 이 정도는 괜찮아.”

“안 돼요.”

곰은 단호하게 말하더니 나를 공주님처럼 안은 채 걷기 시작했다. 다행히 근처에 인기척은 없다. 하지만 아무리 그래도 설마 이 나이에 이런 자세로 안기리라고는 상상도 못 했기에 얼굴이 화끈 달아올랐다.

곰은 집에 도착하자마자 곧바로 발목 치료를 해주었다.

"오랜만에 유카타(일본의 전통 의상으로 주로 목욕 후나 여름에 입는다-옮긴이)를 입어보려고 했는데 이렇게나 발이 붓다니……, 속상하네."

내일은 옆 동네 큰 강가에서 불꽃놀이가 있을 예정이어서 곰과 함께 가기로 약속했었다. 곰이 응급처치를 끝내고 구급상자를 정리하는 걸 보면서 내가 입을 삐죽 내밀자 곰이 멍한 표정으로 나를 바라봤다.

"다 낫고 유카타 입으면 되잖아요?"

"하지만 불꽃놀이는 내일인걸."

"무슨 소리예요? 내일 불꽃놀이에는 가면 안 돼요."

"뭐?"

"그 발로 외출하는 건 위험하다고요."

퉁퉁 부은 내 발목을 쳐다보며 단호하게 말하는 곰. 그 모습은 꼭 엄격한 엄마 같아서 반항하기 어려웠다. 그래도 여기서 물러설 수는 없다. 올해는 꼭 유카타 차림으로 불꽃을 보며 여름을 마무리하고 싶었으니까.

"천천히 걸으면 안 아프니까 진짜 괜찮아."

내가 고집을 부리자 곰은 "무리했다가 더 나빠지면 어쩌려고요?” 하고 타당한 반론을 펼쳤다. 할 말이 없어진 나는 그저 입을 다물 수밖에 없었고 방 안에는 어색한 정적이 흘렀다.

테이핑한 발목을 진정시키기 위해 곰은 비닐봉지에 얼음을 넣어 왔다. 그 비닐봉지를 내밀며 “그 다리로 돌아다니는 건 절대 안 돼요” 하고 야멸차게 못을 박았다. 어른스럽지 않다는 건 나도 안다. 하지만 풀이 죽은 나는 입을 삐죽 내밀고 그대로 입을 다물었다.

그 후 나는 몇 번이나 괜찮다고 말했지만, 곰은 끝내 물러서지 않았다.

“내일은 얌전히 집에 있어요. 불꽃놀이는 내년에 가면 되잖아요.”

“나는 올해 불꽃을 보고 싶단 말이야.”

“안 돼요.”

“에이.”

곰이 나를 염려해주는 마음은 충분히 알고 있다. 고마운 마음도 들었지만 한편으로는 조금은 내 말에도 귀 기울여주었으면 했다. 그때 곰이 불쑥 말했다.

“불꽃놀이는 못 가지만, 내일 저녁 우리 맨션 앞에서 하고 싶은 게 있어요.”

그러고는 벌떡 일어나 쿵쾅쿵쾅 소리를 내며 다급하게 복도 너머로 사라졌다. 이윽고 다시 쿵쾅쿵쾅 요란스레 돌아오더니 자랑스러운 표정으로 기다란 종이 상자를 내게 내밀었다.

“이게 뭐야?”

“열어보세요.”

곰은 싱글벙글 웃으며 나를 지켜보고 있다. 상자를 열어보니 안에는 선향 불꽃(線香花火, 화약을 종이에 싸서 만든 막대 폭죽. 손에 들고 있어야 해서 다른 폭죽보다 화약이 아주 적게 들어가고, 연소 시간도 짧다 – 옮긴이)이 들어 있었다. 알록달록 곱게 물든 종이에 감싸여 있어서 이대로도 무척 사랑스럽고 아름다웠다. 개수는 총 열 개. 장인이 만든 듯, 한눈에 척 봐도 세심하게 공을 들인 티가 났다.

“이거 어디서 났어?”

“텔레비전에서 멋진 불꽃놀이 가게가 나와서 사봤어요! 여름이 끝나기 전에 유리코 씨랑 해보고 싶어서요.”

곰은 엣헴 하고 자랑스레 가슴을 쭉 폈다. 그런 곰을 보며 나는 하고 싶은 말이 많았으나 꾹 삼키기로 했다. 선향

불꽃이라, 마지막으로 해본 게 언제였더라? 선향 불꽃으로
마무리하는 여름이라니. 음, 그런 여름도 괜찮을 것 같다.

"내일은 맨션 앞에서 이거 하면서 맥주라도 마실까요?
저녁은 말이죠, 삼색 고양이 씨네 가게에서 테이크아웃해
도 좋고요."

곰이 싱글벙글 웃으며 물었다. 이 얼마나 매력적인 제안
인가!

"그거……, 괜찮을지도."

내가 마다할 이유가 있을 리 없다.

헌책 벼룩시장

"피는 못 속이네."

엄마가 한 그 말이 머릿속에서 좀처럼 사라지지 않는다. 이 말을 들은 건 오래전도 아니다. 바로 올해, 그것도 꽤 최근인 불과 2주 전의 일이다.

날씨가 한결 선선해졌기에 가을을 만끽하고자 근처 화과자집에 들렀다. 그리고 그곳에서 산 고구마 양갱을 들고 엄마를 찾아갔는데 엄마는 나를 보고는 대놓고 실망한 표정을 지었다.

"어서 오렴" 하고 말로는 반겨주었지만 눈빛이 모든 걸 말하고 있었다. 기껏 사이가 좋아지고 있는 딸이 일부러 찾아왔는데 그런 표정을 짓다니. "뭐야, 그 표정은" 하고 엉겁결에 뾰로통하게 말해버렸다.

"오늘은 곰 군이랑 같이 안 왔네……."

풀이 죽은 엄마는 내 말은 들은 척도 않고 그렇게 중얼거렸다.

"그야, 맨날 붙어 다니는 건 아니니까."

"그러니? 또 만날 수 있을 줄 알았는데 아쉽네."

어떻게 딱 한 번 만나놓고 이렇게도 곰을 챙기는 걸까. 물론 곰이 미움받을 구석이 있는 건 아니지만 뭐랄까, 영 석연치 않았다.

나는 서운해하는 엄마를 무시한 채 성큼성큼 집 안으로 들어가 식탁으로 향했다.

"고구마 양갱 사 왔으니까 같이 먹자."

"어머, 일부러 사 온 거야? 고마워. 차 끓일 테니까 앉아 있어."

"응, 고마워."

나는 엄마 말대로 식탁 의자에 털썩 하고 앉았다.

우리는 날씨 이야기, 나의 회사 이야기, 주말에 있었던 일 같은 시시콜콜한 이야기를 나누며 물이 끓기를 기다렸다. 어느덧 물이 끓자 엄마는 따뜻한 차를 내어줬고 우리는 사이좋게 고구마 양갱을 먹었다. 아아, 맛있다. 은은한 단맛이 기분 좋다. 역시 가을은 좋구나 하고 새삼스레 감탄했다.

"곰 군, 다음엔 언제 오려나."

엄마가 차를 마시며 말한다.

"뭐야, 그렇게까지 곰이 보고 싶은 거야?"

나도 차를 마시며 묻는다.

"그럼, 보고 싶지. 애초에 네가 그렇게 누굴 데려와 소개한 건 이번이 처음이잖아."

"뭐, 그렇긴 하지만……."

달리 뭐라 답해야 좋을지 몰라 나는 무심코 말을 얼버무렸다. 시선이 느껴져 엄마를 보니 식탁 맞은편에서 씨익 웃고 있다. 마치 아주 재미있는 걸 발견이라도 한 사람처럼 즐거운 미소였다.

"아니, 왜 그렇게 웃어?"

나는 그만 퉁명스럽게 물었는데 엄마는 크게 신경 쓰지 않는 듯했다. 오히려 한층 즐거운 표정을 지으며 "피는 못 속이네" 하고 목소리를 낮추어 말했다.

"그게 무슨 뜻이야?"

엄마가 중얼거린 말뜻을 도무지 이해할 수 없었다.

"미안, 미안. 신경 쓰지 마. 그냥 혼잣말이니까."

그 후 내가 아무리 추궁해도 엄마는 구렁이 담 넘어가듯이 요리조리 피하며 끝내 알려주지 않았다. 뭔가 평소와 다른 모습이었다.

여덟 개가 한 세트인 고구마 양갱. 둘이 먹기엔 많지 않을까 싶었는데 엄마와 도란도란 이야기를 나누며 먹다 보니 어느새 달랑 두 개만 남았다. 엄마와 나, 각각 세 개씩 해치웠으니 역시 배가 불렀다. 내가 배를 살살 쓸고 있는데 "좀 과식했네……" 하고 엄마가 말했다.

고구마 양갱으로 볼록해진 배가 가라앉기를 기다리며 이번에는 내가 따뜻한 차를 다시 준비했다. 그런 나를 보며 엄마는 "역시 다른 사람이 내려주는 차가 가장 맛있지" 하고 혼잣말처럼 흥얼거리며 말했다. 그 말이 왠지 모르게 간질거렸다.

배가 진정된 뒤, 나는 엄마에게 요리책을 빌려서 제철 식재료를 활용한 레시피 몇 가지를 스마트폰으로 찰칵찰칵 찍었다. 사진을 찍는 동안에도 엄마의 그 혼잣말이 머리 한 구석에 걸려 있었지만, 결국 엄마는 아무것도 알려주지 않았다.

"다음에 올 때는 곰 군도 꼭 데려오렴."

돌아가려는데 엄마가 씨익 웃으며 말했다. 이 웃는 얼굴을 아까도 본 것 같은데 하고 생각하면서 나는 "시간이 맞으면" 하고 심드렁하게 대꾸한 뒤 집을 나섰다.

집으로 돌아오는 길 내내 엄마가 한 말이 머릿속을 떠나지 않아 마음 한구석이 답답했다. 하지만 시간이 지나면 괜찮아지겠지. 그렇게 생각했다. 그렇게 생각했는데……

"유리코 씨, 무슨 일 있어요?"

곰의 목소리에 나는 퍼뜩 정신을 차렸다. 옆을 보니 곰

216

이 의아하다는 듯 쳐다보고 있다.

"미안, 잠깐 딴생각했어"라고 얼버무리듯 대꾸했다. 오늘 나는 곰과 함께 헌책 벼룩시장에 와 있다.

이틀 전인 금요일 저녁, 퇴근 후 집에 돌아왔는데 맨션 앞에서 나팔꽃에 물을 주고 있는 곰과 마주쳤다.

"곰아, 안녕. 물 챙겨줘서 고마워."

자주 돌보지 못하는 나와 달리 곰은 늘 살뜰히 나팔꽃을 보살핀다. 이제 꽃은 얼추 다 졌으나 잎사귀는 여전히 푸르렀다.

"어서 오세요, 유리코 씨! 오늘도 고생하셨어요. 저기, 저녁은 드셨어요?"

"곰도 일주일 동안 고생 많았어. 저녁은 아직이야. 냉장고 들여다보고 메뉴 정하려고."

나는 그렇게 말하며 냉장고 안을 떠올려본다. 분명 뭔가 있을 거라고 믿으면서도 어쩌면 텅 비어 있을지도 모른다는 불안감이 엄습했다. 아무것도 없으면 어쩐담……. 약간 걱정이 됐다.

"저어, 어제 만들고 남은 거라도 괜찮다면 같이 먹지 않을래요?”

머릿속으로 냉장고 안을 훑고 있는데 곰이 방긋 웃으며 물었다. 이봐, 어제 먹다 남은 걸로 남을 초대하다니, 그래도 되는 거야? 나는 그렇게 생각하면서도 입은 다문 채로 있었다. 곰의 해맑은 미소는 나를 침묵시킬 만큼 강력했다.

“그래도 돼? 그럼 신세 좀 질까?”

냉장고가 텅 비어 있으면 힘이 빠질 것 같아 나는 곰의 초대를 받아들이기로 했다.

“야호!”

기뻐하는 곰. 여전히 반응을 알기 쉽다.

“그나저나 어제 먹고 남은 음식이란 게 뭐야?”

“후후훗, 어묵탕이에요! 어제 잔뜩 만들어뒀거든요.”

“뭐?”

순간 온몸의 힘이 스르륵 빠졌다.

“야, 그런 건 빨리 말해줘야지. 어묵탕은 이튿날 먹는 게 더 맛있으니까 남은 음식이 아니라 오늘이 절정인 날이라고!”

나는 그렇게 말한 뒤 엉겁결에 한숨을 내쉬었다. 하지만 곰은 개의치 않는 듯 여전히 방실방실 웃고 있다.

"듣고 보니 그렇네요! 아, 맞다. 얼마 전에 마트에서 흰 고양이 점원이 추천해준 일본주도 있어요. 어묵탕이랑 같이 한잔하는 거 어때요?"

곰이 한층 더 방실방실 웃으며 물었다. 뭐랄까, 이미 해가 진 저녁인데도 곰이 빛나 보였다. 살짝 눈이 부실 정도다.

"마다할 이유가 없지."

어쩐지 부끄러워져서 무심하게 대꾸했는데도 곰은 내 말이 끝나기가 무섭게 "야호!" 하고 외치며 펄쩍펄쩍 뛰기 시작했다. 쿵쾅쿵쾅 울리는 발소리가 꽤 컸지만 뭐, 하루쯤은 봐주는 걸로 하자. 이웃 여러분 죄송합니다. 나는 마음 속으로 누구에게도 닿지 않을 사과를 했다.

그렇게 나는 곰 집에서 맛있는 어묵탕과 일본주를 대접 받았다. 곰은 일요일에 헌책 벼룩시장이 열린다면서 같이 가자고 했고 나는 호쾌하게 "마다할 이유가 없지" 하고 대답했다. 정말 기뻐하는 곰을 보며 만족한 나는 그대로 일요일의 헌책 벼룩시장에 대해서는 깨끗이 잊어버렸다.

오늘 아침, 10시가 다 되도록 이불 속에서 뒹굴뒹굴 시간을 흘려보내고 있는데 "안녕하세요!"라는 큰 목소리가 현관 쪽에서 들렸다. 무슨 일인가 싶어 무거운 눈꺼풀을 어렵사리 뜨는 것과 동시에 곰이 "헌책 벼룩시장에 가기로 했잖아요. 슬슬 출발할까요?"라고 외쳤다. 그제야 약속이 떠올랐고, 칠칠치 못한 내 성격에 진저리가 났다. 곰에게 잠깐만 기다려달라고 부탁한 뒤 허겁지겁 나갈 채비를 끝내고 여차저차해서 이렇게 헌책 벼룩시장에 도착한 것이다.

우리는 옆 동네 신사에서 열리는 헌책 벼룩시장에 와 있다. 매년 11월 첫째 주 일요일에 열리는 행사로, 경내에는 다양한 책들이 진열되어 있다. 두근대는 마음으로 훑어보고 있는데 문득 엄마가 한 말이 떠올라 또다시 가슴속이 답답해진 참이었다.

"유리코 씨, 괜찮아요?"

곰이 걱정스레 물어서 나는 "괜찮아, 괜찮아. 그냥 잠깐 딴생각을 했을 뿐이야" 하고 웃으며 얼버무렸으나 가슴속의 답답함은 좀처럼 사라지지 않았다.

화과자다.

사계절 화과자 일러스트가 빼곡한, 귀여운 표지의 그림

책을 곰이 반짝이는 눈으로 들여다본다. 정말 귀엽다. 집에 장식해두면 분명 근사할 테지. 그나저나 화과자 그림책도 있구나 하고 나는 속으로 살짝 놀라며 곰에게 물었다.

"그 책 살 거야?"

일단 물어봤다. 당연히 살 거라는 대답이 돌아올 거라고 생각했다. 그런데 뜻밖에도 곰은 "고민 중이에요"라며 팔짱을 끼고는 나를 보았다. 곰은 미간에 깊은 주름을 만들며 심각한 표정을 짓고 있다.

"어? 왜? 갖고 싶은 거 아니었어?"

나는 무심코 고개를 갸웃했다. 그와 거의 동시에 시선 한쪽 끝에서 무언가가 움직였다. 책이 진열된 테이블 너머, 접이식 의자에 앉아 있던 흰 염소 할아버지도 고개를 갸웃하고 있었다.

"이거 참, 나도 곰 형씨가 그 그림책을 사겠거니 하며 지켜보고 있었는데 말이지."

내 시선을 알아차린 할아버지가 쑥스러운 듯 볼을 살짝 붉히며 말했다. 할아버지는 검은 플랫 캡(앞쪽에 짧은 챙이 붙은 둥근 모자-옮긴이)을 쓰고 있었는데 아주 잘 어울렸다.

"모자 정말 잘 어울리세요."

내 말에 "이거 참, 쑥스럽구먼. 이거 손주 녀석이 사준 거야"라며 할아버지는 상냥한 미소를 지었다.

"괜찮다면 이거 받게나."

여전히 화과자 그림책을 뚫어지게 보는 곰을 쳐다보는데 염소 할아버지가 살며시 손을 내밀었다. 뭔지 궁금해하며 오른손을 내미니 투명 비닐에 싸인 말차 사탕 두 개를 쥐여주었다.

"이거 참, 내가 이 사탕을 진짜 좋아하거든. 두 개뿐이지만 나누어 먹으면 더 맛있는 법이지."

염소 할아버지는 그렇게 말하고는 입안의 사탕을 데구루루 굴려 오른쪽 볼을 볼록 부풀렸다. 내가 감사 인사를 하자 할아버지는 오른쪽 볼을 동그랗게 부풀린 채로 눈을 가늘게 뜨고 허허헛 하고 웃었다.

나는 사탕 하나를 곰에게 건네고 내 몫을 입에 쏙 넣었다. 은은한 단맛과 함께 부드러운 말차 향이 입안 가득 퍼졌다.

"이거 살게요!"

신사 경내에 줄지어 선 서른 남짓한 헌책방을 다 훑은

뒤, 우리는 흰 염소 할아버지 가게로 다시 돌아왔다. 돌아오자마자 곰이 화과자 그림책을 집어 들고 할아버지를 향해 외쳤다.

"이거 참, 이렇게나 많이 사줄 줄은 몰랐구먼."

나는 정갈하게 꽂힌 책등을 멍하니 보고 있다가 염소 할아버지의 감탄하는 목소리에 움찔 놀랐다. 이렇게나? 화과자 그림책만 사는 거 아니야? 나는 황급히 곰을 보았다. 곰은 방긋 웃으며 한 아름 안은 책들을 할아버지에게 건넨다.

곰이 사려고 하는 책들을 살펴보니 화과자 그림책, 군고구마 그림책, 잎채소 그림책, 세계의 전골 요리 도감……
전부 내가 처음 보는 책들뿐이다.

군고구마 그림책에는 품종별 고구마 일러스트와 맛있게 굽는 법이, 잎채소 그림책에는 계절별 잎채소 일러스트와 아이와 함께 만들기 좋은 레시피가 담겨 있다. 세계의 전골 요리 도감은 이름 그대로였다. 세계 곳곳의 전골 요리가 군침 도는 사진과 함께 소개되어 있어 보기만 해도 배가 고파진다.

"할아버지네 책이 하나같이 다 마음에 들어서요. 뭘 살지 계속 고민했는데 고민 끝에 이 네 권으로 결정했어요."

곰은 여전히 싱글벙글 웃고 있다. 곰은 잠시 제쳐두고 생전 처음 보는 책들을 훑어보며 세상에는 내가 모르는 것이 여전히 많구나 하고 생각했다. 어쩌면 당연한 일인데 새삼스러웠다.

"있잖아, 그 책도 살 거야?"

곰은 계산하느라 분주한 염소 할아버지 앞에 서 있다. 곰 바로 옆, 가지런히 진열되어 있는 책들 위에 요리책 한 권이 덩그마니 놓여 있다. 별다른 디자인 없이 '역시 맛있는 엄마의 손맛'이라는 글자만 적혀 있는 소박한 표지에 마음이 끌렸다.

"어라? 언제 올려뒀지? 전혀 몰랐어요."

곰은 내가 말하고서야 비로소 알아챘는지 눈을 깜빡이며 책을 집어 들고 고개를 갸웃했다. 괜스레 그 책이 신경 쓰여 "잠깐 보여줘" 하고는 책을 받아 들고 팔랑팔랑 페이지를 넘겼다.

200쪽 남짓한 국배판 판형의 요리책이다. 닭튀김, 고기감자조림, 햄버그스테이크, 단호박 조림, 방어 간장구이에 영양밥 등 기본 레시피가 알기 쉽게 정리돼 있다.

224

"네가 안 산다면……, 응, 내가 살래."

나는 책 속의 레시피를 훑어보고는 사기로 마음먹었다. 모두 맛있어 보이는 데다 당장 만들어보고 싶은 것들뿐이었으니까. 더구나 모든 레시피는 2인분 기준이라 딱 좋다고 생각했다.

"이거 참, 고맙네. 이렇게 많이 사주다니. 정말 고맙구먼."

온화하게 미소 짓는 염소 할아버지와 이야기를 나누고 있는데 어째서인지 곰이 들뜬 얼굴로 나를 빤히 본다. '왜 네가 기뻐하는 거야?' 하고 의아하게 생각하는데 "같은 가게에서 책을 사다니, 왠지 커플 아이템 같네요!"라고 했다.

"아니지, 산 책이 완전히 다른데 그게 어떻게 커플 아이템이야."

내가 딱 잘라 정정하자 곰은 금세 시무룩해져서 고개를 폭 숙였다. 그렇게까지 풀 죽을 필요는 없는데. 염소 할아버지는 그런 우리를 보며 후후훗 하고 웃었다.

"저기, 혹시 괜찮다면 두 분 다 이거 받아요."

마지막으로 한 바퀴 더 가볍게 돌고 슬슬 집으로 돌아가려던 참에 우리를 부르는 염소 할아버지의 목소리가 들렸다. 돌아보니 발치에 놓인 검은 보스턴백에서 묵직한 책을 꺼내고 있다. 곰과 내가 눈을 마주치며 '뭐지?' 하고 궁금해하는데 할아버지가 책에서 책갈피 두 개를 꺼내 내밀었다.

커피로 물들인 듯 군데군데 농담이 다른 옅은 갈색 종이 책갈피였다. 받아보니 위쪽에는 가느다란 볼펜 선으로 네 잎클로버 두 개가 그려져 있다.

"이거 참, 별건 아니지만 이 정도면 커플 아이템이라 해도 되지 않겠나 싶어서 말이야. 많이 사줬으니 작은 서비스로 주는 거야."

그렇게 말하며 염소 할아버지는 얼굴 가득 웃음 지었다. "감사합니다" 하고 인사했지만 곰의 우렁찬 "야호! 감사합니다!"라는 함성과도 같은 소리에 곧 묻혀버렸다.

"이제야 제대로 된 커플 아이템이 생겼네요!"

부끄러워하는 기색 하나 없이 활짝 웃으며 말하는 곰을 향해 "그러게"라는 말만 간신히 내뱉었다. 나는 얼굴이 화끈거려 어쩔 줄 몰라 하면서도 방금 산 요리책 표지 뒷장에 책갈피를 끼우고 조심스레 책을 덮었다.

시식회를 위한 임시 휴업

"오늘은 여자 모임이군요!"

얼굴 가득 환한 미소를 띠며 곰이 말했다. 그러자 삼색 고양이가 슬쩍 웃으며 "넌 여자가 아니잖아" 하고 지적했다. 내가 "그러니까 여자 모임 같잖아요"라고 거들자 여우가 눈을 가늘게 뜨고 후후후 웃었다.

쌀쌀한 늦가을 오후, 옆 동네 삼색 고양이 가게엔 진한 육수 향이 풍겼다. 가게 앞에는 '임시 휴업'이라 적힌 입간판이 세워져 있고 가게 안도 텅 비어 있다.

텅 비었다고 해서 아무도 없다는 뜻은 아니고 햇살이 드러누운 테이블에 나와 곰, 여우 언니가 앉아 있다. 여우 언니는 삼색 고양이의 인생 선배인 듯하다. 가게를 홀로 꾸리기 시작했을 무렵, 삼색 고양이의 고민을 곧잘 들어주었다고 한다.

짙은 보라색 기모노를 단정히 차려입은 여우 언니의 나이를 가늠하긴 어려우나 나보다 한참 많아 보인다. 내 주변에서는 좀처럼 보기 힘든 도도한 여성으로, 기품이 있달까 세련되었달까, '나도 언젠가 이런 성숙한 여성이 되면 좋겠다'라는 생각이 절로 들었다.

오늘 우리는 삼색 고양이 가게의 시식회에 참석했다.

"올겨울엔 버섯 요리를 다양하게 시도해보려고."

며칠 전, 식사를 끝낸 우리를 향해 삼색 고양이가 특별한 제안을 했다. 신메뉴 시식회, 그런 멋진 이벤트를 마다할 이유가 없었기에 나는 그 자리에서 바로 참석하겠다고 했다.

내 목소리에 테이블 맞은편에서 식후에 나오는 따뜻한 차를 마시며 꾸벅꾸벅 졸고 있던 곰이 눈을 번쩍 떴다. 곰은 요즘 날씨가 추워서인지 자꾸 졸린다고 했다.

"저도 참석할게요!"

그렇게 외치며 방긋 웃던 곰의 얼굴에서 이내 미소가 서서히 걷혔다. 곰은 의아한 표정을 지으며 으음 하고 고개를 갸웃했다.

"왜 그래?"

"저어……, 그래서 뭘 하는 건데요?"

이 녀석, 제대로 듣지도 않고 참석한다고 하다니.

"참나, 너 말이야……, 아니, 됐어. 그냥 너도 같이 오면 돼, 알겠지?"

어이가 없었지만 뭐, 곰다운 반응이기도 했다. 그렇게 나는 곰과 함께 가기로 했다.

"네!"

무슨 자리인지도 모르면서 저렇게 '네!' 하고 씩씩하게 대답하다니. 내가 황당해하고 있는데도 곰은 아랑곳없이 기대에 들뜬 듯 두 눈을 반짝이고 있다. 그런 우리를 보며 삼색 고양이는 까르르 웃음을 터뜨렸다.

시식회 당일, 가게에 도착하자 큼지막한 '임시 휴업' 간판이 서 있었다. 불안한 마음으로 문을 빼꼼 열고 안을 들여다보니 기모노 차림의 여우가 있었다.

"어머, 인간 아가씨. 안녕하세요."

"아, 안녕하세요."

고운 기모노를 차려입고 허리를 꼿꼿하게 세운 여우의 빈틈없는 분위기에 나는 긴장했다. 그런 내 뒤에서 "안녕하세요" 하고 인사하며 엉거주춤 가게에 들어서던 곰이 여우의 얼굴을 보자마자 얼굴을 햇살처럼 환하게 밝혔다.

"와, 여우 누님, 오랜만이에요!"

"어머, 곰이구나. 안녕. 오랜만이네, 잘 지냈어?"

"네! 저는 잘 지냈어요!"

여우를 만나 엄청 기쁜 걸까, 곰의 얼굴이 평소보다 더 반짝였다. 그런 곰을 보고 있자니 내 마음이 조금, 아주 조금 출렁였다. 그래도 뭐랄까, 오래 떨어져 있던 누나와 남동생이 재회한 듯해서 괜스레 마음이 흐뭇하고 따스해졌다.

"어머, 어서들 와. 이걸로 초대한 멤버가 다 모였네."

가게 안쪽에서 삼색 고양이가 나왔다. 앞치마를 두른 삼색 고양이는 우리를 햇볕이 잘 드는 테이블로 안내하고는 따뜻한 차를 내주었다. 우리 셋이서 가게를 통째로 빌리다니, 참 호사스럽게 느껴졌다.

"바로 요리 가져올게."

영업 시간이 아니어서일까, 오늘 삼색 고양이는 평소보다 더 따스했다.

그런데 한 가지 마음에 걸리는 게 있었다. 안쪽에서 나온 삼색 고양이가 나를 쳐다볼 때의 눈빛이 무언가 흥미로운 것을 보는 듯한, 그런 눈빛이었다. 며칠 전 엄마가 나를 보던 그 눈빛과 닮아 있었다. 찰나라 어쩌면 착각일지도 모른다. 그래도 뭐랄까, 묘하게 신경 쓰였다…….

"이건!"

삼색 고양이가 내온 요리에 감탄하며 큰 소리로 외친 건 다름 아닌 곰이었다.

"아아, 향이 정말 좋네요."

무심코 숨을 들이마시고 싶어지는, 맛있는 가을 향기에 매료된 채 말한 건 곰 옆에 앉은 나였다.

"일본주와 잘 어울리겠는걸?"

우아하게 미소 지으며 말한 건 곰 맞은편에 앉은 여우 언니다. 이 언니는 술도 잘하는 건가. 기모노를 멋지게 소화하는 기품 있는 여성인 데다 술도 잘 마신다니, 이 언니, 강하다. ……어라? 강하다니, 대체 어떤 의미의 강함을 말하는 걸까. 둥실 떠오른 물음표들이 머릿속을 빙글빙글 맴돌았다.

나는 여우 언니에 대한 생각은 잠깐 접어두고 시식회에 집중하기로 했다. 삼색 고양이가 내놓은 첫 요리는 삿갓에 국물이 자박하게 고여 있는 표고버섯 통구이였다.

"감칠맛이 우러났으니 그냥 먹어도 맛있고, 간장을 살짝 뿌려도 돼. 필요하면 폰즈 소스(감귤즙과 간장, 미림 등을 섞어 만든 소스-옮긴이)랑 가다랑어포도 있어."

삼색 고양이는 표고버섯이 수북이 담긴 커다란 그릇과 앞접시 세 개를 들고 왔다. 그 그릇들을 우리 앞에 내려놓으며 의기양양하게 가슴을 폈다. 시식회라고 해서 자신 없어하며 감상을 물어볼 줄 알았는데 삼색 고양이에게 그런 기색은 눈곱만큼도 없다.

"삼색 고양이 씨, 첫 번째 요리부터 꽤 자신만만한데요?"

곰은 그렇게 말하고는 방긋 웃으며 표고버섯 하나를 집어 한입에 쏙 넣었다. 이후 이어질 곰의 반응이 절로 머릿속에 그려졌다. 아아, 곰은 어째서 이토록 알기 쉬운 걸까.
그리고 역시나 나의 예상은 빗나가지 않았다.

"삼색 고양이 씨! 이 표고버섯 정말 맛있어요!"

곰의 우렁찬 목소리가 가게에 울려 퍼졌고 곧바로 우리
셋의 웃음소리가 뒤따랐다. 곰의 반응을 예상한 건 아무래
도 나뿐만이 아니었던 모양이다.

곰은 우리가 웃자 의아해하며 고개를 갸웃거린다. 다들
왜 웃는 건지 묻고 싶어 하는 눈치였으나 나는 그 눈빛을 무
시한 채 표고버섯 하나를 집어 들었다.

그야말로 가을의 맛이다. 표고버섯은 대개 부재료로 쓰
일 뿐, 주인공이 되는 경우는 좀처럼 없기에 잊고 있었다.
표고버섯이 이토록 맛있는 식재료였다는 사실을.

문득 여우 언니의 반응이 궁금해졌다. 그래서 슬쩍 보니
표고버섯을 볼이 미어지도록 입에 넣고 어린아이처럼 귀여
운 얼굴로 먹고 있다. 그 모습이 너무나도 사랑스러워서 마
음에 볕이 든 것처럼 따뜻해졌다. 차가워 보이는 사람이 살
짝 엉뚱한 행동을 했을 때 느끼는 그 기분과 엇비슷하다.

"요리에 잘 어울리는 일본주도 있는데, 어때?"

살짝 간장을 뿌려도 맛있다, 폰즈 소스도 산뜻해서 좋다

라며 표고버섯을 덥석덥석 연달아 집어 먹고 있는데 삼색 고양이가 히쭉 웃으며 얄미운 제안을 했다. 그런 말을 들으면 선택지는 하나밖에 없다.

"마실래요!"

발랄한 목소리로 곧바로 대답한 건 역시나 곰이다.

"마실게요!"

그다음으로 커다란 목소리로 대답한 건 나였다.

"그럼, 한잔 마셔볼까?"

헛기침을 한 번 하며 점잖게 말한 건 여우 언니. 후후후, 그런 모습도 왠지 모르게 귀엽다. 삼색 고양이는 그런 우리를 보며 까르르 웃었다.

몇 분 뒤 삼색 고양이는 일본주와 함께 팽이버섯 베이컨 말이와 문어 소시지를 소복이 담은 그릇을 내왔다. 곧바로 일본주에 달려들고 싶었지만 예상치 못한 타이밍에 두 번째 요리가 나와 주춤할 수밖에 없었다.

삼색 고양이는 여전히 자신만만한 모습이다. 둘의 반응이 궁금해서 곰을 보니 눈이 휘둥그레졌다. 역시 곰도 놀란 모양이다. 그리고 슬쩍 여우 언니를 보려는데 눈이 딱 마주쳤다. 순간 어색한 공기가 흘렀으나 일단 상황을 지켜보자라는 묘한 연대감이 우리 둘 사이에 생겼다.

"집에서 만든 도시락 반찬 같아……."

나도 여우 언니도 속으로 떠올렸을 그 말을 곰이 중얼거렸다. 그리고 조용히 젓가락을 뻗어 베이컨말이 하나를 입에 쏙 넣었다. 우리가 마른침을 꼴깍 삼키며 지켜보는 가운데 곰은 이내 말없이 활짝 웃었다. 행복해 보이는 그 얼굴을 보고 나와 여우 언니는 서로 얼굴을 마주 보고는 곧바로 베이컨말이를 날름 집어 먹었다.

베이컨말이는 맛있었다. 분할 정도로 맛있었다. 팽이버섯을 베이컨으로 둘둘 말아 구웠을 뿐인데 이렇게 맛있다니, 어째서일까. 고소한 참기름 향이 또 기가 막혀서 기분 좋은 악센트가 되어준다. 아아, 이 맛을 뭐라고 표현하면 좋을까. 턱없이 부족한 내 어휘력이 한탄스럽기만 하다. 물론 문어 소시지도 맛있었다. 기대한 그대로의 맛인데 어린 시절의 추억이 떠올라 젓가락이 멈추지 않는다.

흥분이 조금 가라앉은 나는 다시 둘의 표정을 살폈다. 곰은 여전히 활짝 웃으며 베이컨말이를 맛있게 먹고 있고, 여우 언니도 곰처럼 환한 얼굴로 표고버섯을 먹고 있다. 곰과 여우 언니를 보고 있자니 왠지 멋진 남매 같아서 괜스레 흐뭇했다.

처음엔 약간 긴장했지만, 이 언니는 참 좋은 분인 것 같다. 뭐, 곰이 따르는 걸 보면 나쁜 여우일 리 없다고 생각하긴 했지만. 나도 친해지면 좋겠다는 생각을 하며 일본주를 한 모금씩 홀짝였다.

그 후에도 요리는 잇달아 나왔다. 새송이버섯 버터 볶음, 잎새버섯 튀김, 은박지에 싸서 구운 가을 연어와 버섯. 하나도 빠짐없이 다 맛있었고, 소금간 또한 술과 환상적인 궁합을 자랑했다.

"이것도 버섯 요리인가요?"

은박지에 싸여 있는 가을 연어구이를 먹다가 무심코 삼색 고양이에게 물었다. 이건 버섯 요리라기보다는 연어가 메인 아닌가 싶었는데 삼색 고양이는 "맛있으면 사소한 건 신경 쓸 필요 없어" 하고 대수롭지 않게 넘겼다.

가을 연어 은박지 구이는 확실히 맛있다. 정말 맛있다. 먹다 보니 삼색 고양이 말마따나 맛있으면 사소한 건 신경 쓸 필요 없다는 생각이 들었다.

차례차례 요리가 나왔고 술도 연거푸 마시다 보니 나는 어느새 거나하게 취해 있었다. 취기가 올라 머릿속이 몽롱해진 나는 오늘이 버섯 요리 시식회라는 사실조차 까맣게 잊고 말았다. 그 뒤로는 어떤 요리가 나오건 그저 젓가락만 움직였다.

점심 무렵에 시작한 삼색 고양이네 버섯 요리 시식회. 그런데 언젠가부터 테이블 위에는 버섯이 아닌 요리들이 연거푸 등장하기 시작했고 정신을 차리고 보니 결국 버섯 요리는 완전히 자취를 감추었다.

"맛있으면 됐지 뭐."

삼색 고양이는 태연하게 말했고 우리는 반박 한마디 못한 채 "그렇죠" 하고 그저 웃으며 내어주는 대로 널름널름 집어 먹었다. 그렇게 즐겁게 먹고 마시다 보니 어느새 해가 뉘엿뉘엿 지고 있었다.

먹고 마시고 쉬고, 또 먹고 마시고 쉬고를 반복했으니 당연히 시간이 한 움큼씩 없어질 터였다. 당연하다면 당연한 일이건만 그 순간에는 시간 감각이 사라지니 신기할 따름이다. 즐거운 시간은 정말이지 한순간이구나. 새삼 실감했다.

지금 테이블 위에는 잘게 썬 파를 수북이 얹은 두부튀김, 참기름에 바삭하게 구워내 간장을 뿌린 유부, 고추냉이가 들어 있어 살짝 코끝이 찡해지는 어른 입맛에 맞춘 유부초밥, 그리고 입가심 메뉴인 유부우동까지 놓여 있다.

두부튀김도 참 맛있었다. 맛있다는 걸 모르지는 않았지만 이렇게까지 맛있었던가? 튀김옷은 노릇노릇, 바삭바삭한 데다 두부는 보들보들했다. 그 위로 잘게 썬 파가 보란 듯이 산더미처럼 쌓여 있고 마무리로 간장이 뿌려져 있다. 이 맛이 또 술을 술술 부른다.

배는 진즉에 꽉 차 있었는데 눈앞에 유부우동이 나오고 부드러운 육수 냄새를 맡은 순간 배 속에 빈틈이 생겨났다. 처음 겪는 일이지만 이게 바로 '디저트 배'라는 거겠지.

집에 가면 곧장 체중계를 눈에 안 보이는 곳에 봉인하고 내일부터 당분간 식사량을 줄여야겠다고 다짐하면서도 나는 식욕에 항거하지 않고 우동을 후루룩 먹었다. 적당한 쫄깃함과 깊은 육수 맛이 일품이라 단숨에 행복해졌다.

"역시 언니가 만든 유부우동은 최고야."

그렇게 말한 건 황홀하다는 듯이 눈을 가늘게 뜨고는 입을 데이지 않게끔 조금씩 덜어 식혀 먹고 있는 삼색 고양이였다.

"유부우동, 정말 맛있어요!"

곰은 방긋 웃으며 큰 소리로 감상을 전했다.

"응, 정말 맛있어요."

나도 뒤이어 말했다. 바로 그 직후 맞은편에 앉아 있는 게 여우가 아니라 삼색 고양이라는 걸 깨닫고 깜짝 놀라 두 번이나 확인했다.

"어? 어라?"

어리둥절해하는 나를 보고는 삼색 고양이가 잠시 고개를 갸웃하더니 이내 깨달았다는 듯 까르르 웃음을 터뜨렸다.

"너 기억 안 나? 언니가 요리해주겠다고 해서 네가 보는 앞에서 우리 자리 바꿨잖아."

그러고는 생맥주를 기세 좋게 쭉 들이켠 뒤 "기억이 날아갈 정도라니, 너무 많이 마셨네" 하고 씨익 웃으며 나를 봤다. 그런 삼색 고양이를 보면서 이 고양이는 언제든 술을 참 시원스레 마시는구나 싶으면서도 왠지 딴지를 걸고 싶어졌다. 계속해서 맛있는 술을 권한 것도, 술에 딱 맞는 요리를 끝도 없이 내온 것도 다 삼색 고양이잖아요 하고 말이다. 그러나 나는 그 말을 우동과 함께 꿀꺽 삼켰다.

그나저나 삼색 고양이와 여우가 자리를 바꿨다니, 대체 언제? 도무지 기억이 나지 않는다. 애써 떠올려보려 해도 지난 몇 시간의 기억이 하나도 생각나지 않는다. 대체 나는 얼마나 먹고 얼마나 마신 걸까.

"유리코 씨, 기억 안 나요? 삼색 고양이 씨와 여우 누님이 자리를 바꾼 지 벌써 두 시간은 됐는데요. 유리코 씨도 여우 누님 요리를 먹을 수 있다며 기뻐했잖아요."

곰이 내 옆에서 호쾌하게 우동을 후루룩 먹으며 말했다. 신기하게도 곰은 조금도 취한 기색이 없다. 내가 기억하는 한, 분명 나보다 더 많이 마셨을 텐데, 이 녀석은 술고래라 도 되는 걸까. 언젠가 곰이 취한 모습을 꼭 보고 싶다는 생 각이 들었다. 그러려면 나도 꽤 준비가 필요할 것 같아서 조금 귀찮겠다는 생각도 들었다.

"자, 어때? 오늘 시식회는 즐거웠어?"

내가 우동을 먹고 있는데 삼색 고양이가 능청스럽게 묻 는다.

"즐겁다마다요. 그나저나 시식회인데 어느 요리에도 제 대로 감상을 못 남겼네요. 괜찮아요?"

취기가 가시자 중요한 사실이 떠올라 이렇게 물었다. 시식회에 초대받아 왔건만 정작 우리는 내어주는 음식을 정신없이 먹기만 했다. '맛있다'라고는 했지만 도움이 될 만한 평은 하나도 하지 못했다. 더구나 오늘 우리가 먹은 양은 시식회에서 먹을 양이 아니었다. 오늘 우리가 먹은 음식 값을 계산하자 등골이 서늘해졌다.

어라? 그러고 보니 애초에 삼색 고양이는 맛이 어떤지 묻지도 않았다. 그리고 버섯 요리가 아닌 다른 음식들이 나오는가 하면 여우 언니가 만든 음식까지 나와서 묘한 상황이 전개되었다. 그렇다, 가격도 묻지 않았다.

"그러게요. 저도 유리코 씨도 그냥 먹기만 했어요!"

곰이 앗! 하고 입을 떡 벌리고는 연신 눈을 깜빡였다. 취하지는 않았지만 곰도 잊고 있었나 보다. 우리는 이해하기 어려운 상황에 어리둥절해하며 서로 얼굴을 마주 보았다.

"미안해. 시식회는 거짓말이었어."

우리가 허둥대자 여우 언니가 주방에서 나오며 두르고 있던 앞치마를 벗었다.

"그게 무슨 뜻이에요?"

곰이 여우와 삼색 고양이를 번갈아 보며 물었다. 나도

같은 마음이었기에 곰과 마찬가지로 둘을 번갈아 봤다.

"삼색 고양이가 말이지, 자기가 내놓는 요리를 누구보다 맛있게 먹어주는 최고의 콤비가 있다고 종종 말하길래 궁금해지더라고. 그래서 내가 부탁해서 이 자리를 만든 거야."

여우 언니는 미안하다는 듯 웃으며 말했다. 그러고는 영차라고 말하면서 삼색 고양이 옆자리, 즉 내 정면에 앉았다.

"오늘은 사실 시식회가 아니야. 단지 너희가 맛있게 먹는 모습을 보고 싶었을 뿐이야."

삼색 고양이는 그렇게 말하며 장난기 어린 미소를 지었다. 마치 작은 소녀 같다. 무슨 상황인지 이해하느라 한참 동안 그대로 굳어 있는 나와 곰을 아랑곳하지 않고 그들은 "내 말이 맞지?", "그러게, 정말 좋은 사람과 곰이잖아" 하며 서로 즐겁게 대화한다.

"그럼, 요리 감상은요?"

곰이 머뭇거리며 물었다.

"괜찮아, 그냥 맛있게 먹어주길 바랐을 뿐이니까. 아, 오늘 계산도 나와 여우가 할 거니까 걱정하지 말고."

삼색 고양이는 태연하게 말했.

곰과 나는 서로를 마주 보며 '하아' 하고 커다란 한숨을 내쉬었다. 뭐야, 시식회가 아니었구나. 이토록 맛있는 요리를 무료로 대접하는 모임이라니. 그나저나 술도 잔뜩 마셨는데 무료라고? 이런 멋진 모임이 있어도 되나? 마치 거짓말 같다.

"저어, 정말 괜찮아요? 저희 아무 생각 없이 먹기만 했는데요?"

불안한 마음에 물었더니 여우 언니가 방실방실 웃으면서 "괜찮아, 괜찮아"라며 오른손을 살랑살랑 흔들었다.

"곰 군도 오랜만에 만났고, 너희의 멋진 먹방도 실컷 봤으니까."

"야호!" 하고 옆에서 신나하는 곰과 달리 나는 "네에……" 하고 맥 빠진 소리만 냈다. 그러자 여우 언니가 스으 일어나더니 내 귓가에 속삭였다.

"그리고 걱정 안 해도 돼. 남동생으로밖에 안 보이니까."

처음에는 무슨 말인지 몰랐다. 하지만 이해한 순간, 얼굴이 화끈 달아올랐다.

"무슨, 아뇨! 그런 게."

"괜찮아, 더 말 안 해도. 그렇지?"

여우 언니는 당황해하는 나를 보며 히쭉 웃고는 옆에 앉아 있는 삼색 고양이를 스윽 봤다. 그러자 삼색 고양이도 미소 짓고는 언제 가져왔는지 따뜻한 차를 천천히 홀짝였다.

"무슨 일이에요?"

곰이 의아해하며 물었다. 나는 더욱 당황해서 머릿속이 새하얘졌다.

"시끄러워! 신경 쓰지 말고 넌 우동이나 먹어!"

나도 모르게 소리를 질러버리고는 곧바로 후회했다. 아차 하며 다음 말을 찾으려는데 "아하하!" 하는 삼색 고양이와 여우 언니의 웃음소리가 가게 안을 가득 메웠다. "어엇……" 하고 난처해하는 곰의 목소리는 웃음소리에 묻혀버렸다.

뭐랄까, 무척 부끄럽다. 하지만 이상하게도 안심되었다. 무엇에 안심한 건지 알 수 없어 속이 답답했다.

"맛있으면 사소한 건

신경 쓸 필요 없어."

겨울 바다

"넓네요."

"응, 바다는 넓지."

"바람이 짜네요."

"그러게, 바람에 소금기가 묻어 있네."

"춥네요."

"뭐, 겨울 바다는 애당초 추운 법이지."

철썩철썩, 잔잔한 리듬이 이어지는 겨울 모래사장에서 곰과 나는 캔 커피를 홀짝이며 바다를 바라보고 있다. 캔 커피는 물론 따뜻한 걸로 뽑아 왔다. 기온 차가 심했던 10

월과 11월 초를 지나 11월 말이 되자 확 추워졌다. 조금 전 자판기 앞에서 '따뜻한 음료' 버튼에 절로 이끌린 내 오른손 검지를 보며 '겨울이 왔구나' 하고 실감했다.

나는 우유가 듬뿍 든 카페라테를, 곰은 저당 캔 커피를 마시고 있다. 평소에는 드립 커피를 더 좋아하지만, 겨울철 바깥바람을 쐬며 마시는 캔 커피는 왠지 싫지 않다. 한 모금 마셨더니 몸속으로 은은하게 스며드는 따뜻한 액체가 오롯이 느껴진다.

"바다에 가지 않을래요?"

그건 아무 예고도 없이 찾아온 제안이었다. 휴일 오후, 곰과 함께 맨션 앞 화단을 정리하고 있었다. 시든 나팔꽃을 치우고 있는데 곰이 "아!" 하고 느닷없이 큰 소리를 지르더니 방긋방긋 웃으며 그렇게 제안했다.

"바다?"

"네, 바다요."

"좋긴 한데, 왜? 추울 텐데?"

나는 이 추운 날에 바다에 가는 게 선뜻 내키지 않아 덩굴을 치우던 손을 멈췄다. 그러나 곰은 아랑곳없이 방긋 웃으며 "겨울잠 자기 전에 바다가 보고 싶어서요!" 하고 말했다.

"……그렇구나. 그럼 가볼까?"

나는 곰이 "야호!" 하고 외치는 함성을 들으며 작게 한숨을 푹 내쉬고는 하늘을 올려다봤다. 포근한 겨울 오후, 하늘에는 밭고랑처럼 길게 늘어진 구름이 일렬로 줄지어 있었다.

얄밉다. 곰은 얄밉다. '겨울잠 자기 전에'라는데 누가 거절할 수 있을까. 요즘 나는 곰이 천진한 건지 아니면 책략가인 건지 도무지 판단할 수가 없다. 뭐, 어느 쪽이건 상관없지만.

"그 대신 내 리스도 제대로 만들어줘."

"맡겨만 주세요!"

심술부리는 투로 말했는데도 어김없이 곰의 우렁찬 대답이 맨션 앞에 쩌렁쩌렁 울렸다. 수거한 나팔꽃 덩굴은 버리지 않고 둥그렇게 말아 리스로 만들 거라고 했다. 예쁘게 모양을 잡아 잘 말린 뒤에 솔방울이나 도토리 같은 가을 열매들을 조롱조롱 달면 귀여운 리스가 된다나 뭐라나.

"내 거랑 할머니, 유리코 씨, 유리코 씨 엄마에게 드릴 것도 필요하겠네요."

아무렇지도 않게 천연덕스럽게 말하는 곰. 콧노래를 흥얼거리며 덩굴을 모으는 곰을 보고 있자니 마음속 불만이 스르르 소리를 내며 사라졌다. 요놈, 역시 책략가일지도 몰라. 그런 생각이 한순간 얼굴을 내비쳤지만 눈 깜짝할 새 사라졌다. 어차피 나는 어느 쪽이든 상관없으니까.

쏴아, 쏴아.

우리는 모래사장에 돗자리를 펴고 딱히 무얼 하는 것도 없이 그저 바다만 바라본다. 전철로 한 시간 남짓 달려서 도착한 바다. 다행히 날씨는 좋았으나 한낮인데도 역시 춥다.

그런데도 그저 바라보기만 해도 좋았다. 아무것도 하지 않고, 아무 생각도 하지 않고, 밀려왔다 밀려가는 파도 소리를 들으며 바다를 바라보는 일. 막상 해보니 마음이 무척 안정되었다. 오길 잘했는지도 모르겠다. 그런 생각을 하며 나는 미지근해진 카페라테를 비웠다.

모래사장에는 우리 말고도 모래성을 소복소복 쌓는 원숭이 가족, 느긋하게 담소를 나누는 골든리트리버 할아버지와 시베리안허스키 할머니, 러닝 중인 인간 남학생 등 드문드문 다양한 모습이 보였다. 아무도 없을 줄 알았는데 의외로 다들 겨울 바다에 놀러 오는 모양이다. 하긴 나도 다음에 또 오고 싶다고 생각하던 참이다.

"좋네, 겨울 바다도."

조금은 분했으나 솔직하게 말했다. 그래도 분한 마음에 곰 얼굴은 보지 않고 바다만 보며 말했다. 곧바로 "그렇죠?" 하고 싱긋 웃으며 말할 거라고 생각했는데 아무리 기다려도 대답이 없다. 의아해하며 옆을 보자 곰은 꾸벅꾸벅 기분 좋게 졸고 있다.

"야, 여기서 잠들면 어떡해."

나는 어쩐지 가슴이 답답해져서 곰의 오른쪽 어깨를 가볍게 두드렸다. 폭폭, 나른한 소리가 울리고 한 박자 뒤에 곰이 "헉!" 하고 눈을 떴다. 이 곰은 정말이지……. 나는 어이가 없어서 하마터면 한숨을 내쉴 뻔했다.

"미안해요. 마음이 편안해서 그런지 졸려요."

"어휴, 그러다 감기 걸려."

"미안해…… 앗!"

곰은 큰 소리를 내며 벌떡 일어나더니 물결치는 해변을 응시했다. 무슨 일인지 곰의 시선을 따라가니 그곳에는 커다란 바다거북이 느릿느릿 걷고 있었다.

"바다거북 씨, 오랜만이에요!"

곰은 빙긋 웃으며 바다거북을 향해 내달렸다. 그런 곰을 보고 바다거북은 화들짝 놀란 표정을 지었다.

"오오! 곰 아니냐. 오랜만이군. 그래, 잘 지냈고?"

"네, 잘 지내요!"

아무래도 바다거북과 아는 사이인 모양이다. 뭔가 즐겁게 이야기를 나누고 있다. 무슨 이야기를 하는 걸까, 궁금해진 내가 가까이 다가가려는데 대화가 금세 끝났는지 바다거북은 이내 바다로 돌아갔다. 곰은 "조심히 가세요!" 하고 손을 흔들며 바다거북을 배웅하고는 모래를 보득보득 밟으며 다시 돌아왔다.

"아는 사이야?"

"네, 바다거북 씨는 온 세상을 돌아다니는 거북 여행가인데요, 전에도 여기서 만난 적이 있어요. 지난주부터 이 모래사장에서 쉬었는데 지금부터 다음 여행지로 떠난대요."

'거북 여행가'라니 그런 말은 처음 듣네 하고 생각하면서 나는 "그렇구나"라고만 대꾸했다. 거북 여행가라. 이 세상엔 내가 모르는 게 정말 많구나. 저 바다거북은 과연 어디로 향하는 걸까. 괜히 궁금했다.

"유리코 씨, 소금 라면 먹으러 가지 않을래요?"

내가 바다거북이 사라진 방향을 물끄러미 쳐다보고 있는데 곰이 불쑥 제안했다.

"소금 라면? 정말이지 늘 뜬금없네. 뭐, 좋아. 마침 따뜻한 게 먹고 싶었거든."

"야호! 실은 방금 바다거북 씨가 알려줬거든요. 이 근처에 맛있는 라면집이 있다고요. 소금 라면이 정말 맛있대요."

온 세상을 여행하는 바다거북이 추천한 소금 라면이라니. 무조건 맛있을 수밖에 없다! 대체 어떤 라면일까. 내 머릿속은 순식간에 라면으로 가득 찼다.

"빨리 가자."

나는 벌떡 일어나 엉덩이를 가볍게 털고 돗자리를 접기 시작했다. 이렇게 시간을 낭비할 수는 없지. 얼른 먹으러 가야 한다.

"네? 벌써 가게요?"

"당연하지. 자, 얼른!"

당황하는 곰을 돗자리에서 밀어내고 돗자리를 마저 접었다. 그리고 곰이 들고 있는 큰 숄더백에 돗자리를 집어넣고는 흘린 게 없는지 확인했다.

"자, 빨리 가자!"

"네!"

길을 안내해야 하는 곰을 앞장세우고 우리는 바닷바람을 가르며 라면집으로 향했다. 역시 오늘 바다에 오길 정말 잘했다.

아침의 찻집

"비둘기네요……."

"응……, 정말로 비둘기가 마스터였어."

11월 말 일요일. 곰과 나는 걸어서 20분 거리인 오래된 전통찻집에 와 있다. 진즉에 겨울잠에 들었어야 할 시기인데 어찌 된 일인지 근성과 기합으로 버티는 곰이 겨울잠을 자기 전에 꼭 가고 싶다며 고집한 곳이다.

빨간색 알파벳 세 개가 나열된 유명 커피 브랜드 로고가 큼직하게 새겨진, 스위치를 켜면 아롱아롱 빛나는 세월의 흔적이 그대로 담긴 흰색 간판. 살짝 낡은 자동문의 양쪽으

254

로는 베이지색 벽돌을 쌓아 올린 조그만 화단이 있다. 한때는 흰색이었을 테지만 지금은 회색빛이 감도는 외벽의 3층짜리 작은 맨션. 그 건물 1층에 자리한 찻집은 그야말로 '레트로'라는 단어가 딱 어울리는 외관이다.

이 찻집은 곰이 지난달에 발견했다. 달콤한 가을 기운을 단서로 금목서를 찾기 위해 이리저리 걷다가 우연히 발견했다고 한다. 이 곰은 대체 뭘 하고 다니는 걸까 싶다가도 한편으로는 곰답다 싶었다.

"집에 가는 길에 들르려고 했는데 금목서를 찾은 게 너무 기뻐서 완전히 잊어버렸어요."

곰 집에서 곱창전골을 얻어먹은 뒤 후식으로 핫케이크와 커피를 즐기고 있는데 곰이 불쑥 "같이 찻집에 가지 않을래요?"라고 물었다. 곰이 알아본 바로는 '비둘기 찻집'이라는 곳으로 마스터가 비둘기라나. 폭신한 핫케이크에 정신이 팔렸던 나는 깊이 생각지도 않고 "좋아"라며 답하고 말았다.

"야호! 그럼 일요일 아침에 데리러 갈게요!"

그 말에 나는 아마도 "잘 부탁해" 정도로 대꾸했던 것 같다. 응, 아마 그랬을 것이다. 그 결과, 아침 댓바람부터 현관문 너머로 곰의 우렁찬 인사를 듣는 신세가 됐다.

"안녕하세요! 유리코 씨, 아침밥 먹으러 가요!"

일요일 아침부터 뭐야, 대체. 처음 5초간은 그렇게 생각했다. 그리고 다음 5초간은 어쩌면 이 사태의 원인은 곰의 말을 흘려듣고 대충 대답한 나 자신일지 모른다는 생각이 들었다. 마지막 5초간 나는 어째서 매사 깊이 생각지도 않고 훌렁 대답해버리는 걸까 하고 후회했다.

"곰아, 안녕. 이른 아침부터 소리 지르면 다른 이웃에게 민폐라고 했잖아. 미안한데 20분만 기다려줄래?"

안녕하세요 하고 활기차게 인사하는 곰의 목소리가 들리고 약 30초쯤 뒤에야 나는 겨우 대답했다.

따뜻한 온기를 머금고 있는 이불에 작별을 고한 뒤 잠옷 위에 카디건을 걸치고 현관으로 걸어가 문을 빠끔이 열고 그렇게 말했다. 문틈으로 스미는 차가운 공기에 외출 의지가 뚝 꺾인다. 솔직히 지금 당장이라도 이불 속으로 돌아가고 싶었다. 다만 안타깝게도 문 너머에는 빨리 출발하고 싶어 발을 동동 구르는 곰이 있다.

"알겠어요! 15분 후에 출발해요!"

곰은 그 말만 남기고 휙 돌아서서 쿵쾅쿵쾅 계단을 내려 갔다. 왜 멋대로 5분 줄이는 거야. 못마땅했지만 기다리게 하는 입장이라 딴지를 걸 수는 없었다. 허둥지둥 옷을 갈아 입고 가볍게 화장한 뒤 코트를 걸치고 집을 나섰다.

희뿌연 빛이 깔린 겨울 하늘 아래에서 차가운 바람을 맞 으며 20분쯤 걸어 찻집에 도착했다. 나는 세월의 흔적이 고 스란히 느껴지는 고풍스러운 분위기에 절로 몸이 굳었고 옆을 보니 곰도 마찬가지로 발이 땅에 붙어 있다. 그때 마 침 매서운 바람이 몰아쳤고 결국 우리는 추위를 이기지 못 하고 찻집 안으로 뛰어들어 갔다.

"편하신 자리에 앉으세요."

근사한 바리톤 목소리가 가게 안에 기분 좋게 울려 퍼졌 다. 소리가 난 쪽으로 고개를 돌리니, 가게 안쪽에 비둘기 한 마리가 서 있다. 그냥 '비둘기'라고 부르기 망설여질 만 큼 범상치 않은 분위기가 감돌았다. 고귀한 노신사 같달까, 존댓말을 써야 할 것 같은 느낌이다.

우리는 비둘기 씨의 안내에 따라 입구 바로 옆 2인석 테 이블에 앉았다. 가게 내부는 배드민턴 코트보다 살짝 좁고 안쪽으로 길게 뻗은 구조였다. 중앙에 기다란 통로가 있고 양쪽으로 두 사람, 네 사람이 앉을 수 있는 테이블이 예닐곱 개 놓여 있다.

손님은 우리 외에도 판다 학생, 오소리 아저씨, 인간 노부부, 젊은 셰퍼드 커플이 있었다. 최신곡과 함께 늑대 청년의 리드미컬한 하울링이 잔잔히 흐르고 있다.

의자와 테이블은 모두 묵직한 목재로 만들어졌고 붉은 색감이 도는 가죽 의자는 오랜 세월의 손때가 묻어 있어 멋스럽다. 현란한 장식이나 눈에 확 들어오는 인테리어가 있는 건 아니지만 그렇다고 촌스럽지도 않다. 세월이 남긴 흔적이 자연스레 조화를 이루며 공간 전체를 포근하게 감싸고 있다.

"주문하시겠습니까?"

가게 안을 둘러보고 있는데 비둘기 씨가 또박또박 발소리를 내며 다가와 물었다. 비둘기 씨는 검은 재킷을 걸치고 동그란 안경을 쓰고 있다. 아저씨보다는 할아버지에 더 가까운 모습이다.

"추천 메뉴는 뭐예요?"

메뉴는 생각지도 않고 구경만 하고 있던 터라서 당황한 나머지 머릿속이 새하얘진 나와 달리 곰은 메뉴판을 들고 차분히 물었다. A4 크기로 살뜰히 코팅된 메뉴판에는 온갖 메뉴들이 빼곡히 적혀 있었다.

"모닝 세트입니다. 오늘 구성은 핫 샌드위치랍니다."

비둘기 씨의 매력적인 중저음에 우리는 망설임 없이 핫 샌드위치로 결정하고 음료는 따뜻한 커피로 주문했다.

비둘기 씨가 떠난 뒤에 메뉴판을 찬찬히 살펴보니 버터 토스트, 샌드위치, 토스트 샌드, 핫도그 등 아침 식사 메뉴가 제법 다양했다. 런치 타임에는 유부우동이나 야키소바, 생강구이 정식, 새우 필래프, 나폴리탄, 돈가스 카레 등도 있었다. 이 정도면 거의 정식집 아닌가 싶을 만큼 메뉴의 폭이 넓었다.

"메뉴가 꽤 다양하네."

"그러게요. 런치 메뉴에 있는 새우 필래프를 먹어보고 싶네요."

"응, 나도."

우리는 그런 대화를 나누며 성급하게 주문한 것을 살짝 후회했다.

정말 맛있다. 토스트에 스크램블드에그를 올린 핫 샌드위치. 겉보기엔 단순해도 엄청나게 맛있다. 도톰한 토스트를 비스듬히 잘라 그 단면에 칼집을 내고 그사이에 달걀을 듬뿍 채운 느낌이다. 보자마자 어느 정도 맛이 예상되었는데 웬걸, 한 입 베어 물자 상상을 훌쩍 뛰어넘는 맛이었다.

우선 달걀이 맛있다. 정말 너무 맛있다. 그리고 토스트의 절묘한 식감과 버터의 짭조름한 맛이 딱 좋다. 한 입 베어 물고 충격을 받은 나는 그저 말없이 계속 먹기만 했다.

모닝 세트의 구성은 핫 샌드위치 두 조각과 미니 샐러드 그리고 토끼 귀 모양으로 깎은 사과 두 쪽이었다. 설마 이렇게 단출한 아침 식사에 마음을 빼앗길 줄은 몰랐다. 곰이 정말 좋은 가게를 찾아냈구나 싶었다.

그러고 보니 곰도 아까부터 아무 말도 하지 않는다. 나는 핫 샌드위치 한 조각을 해치우고 나서 곰을 보았다. 곰 앞에는 이미 휑뎅그렁한 빈 접시만 남아 있었다.

"맛있었어요!"

곰은 활짝 웃으며 말했다. 한낮의 태양처럼 눈부시게, 만족스레 웃는 얼굴을 보고 나도 모르게 웃어버렸다.

"너무 맛있어서 그만 정신없이 해치워버렸어요. 구성이

제법 푸짐하네요.”

그렇게 말한 곰은 후우 하고 살짝 한숨을 내쉰다.

“확실히 달걀이 꽉 차 있어 든든……, 야, 안 줄 거야.”

곰의 의견에 동의하며 샐러드를 아삭아삭 먹고 있는데 곰이 내 핫 샌드위치를 뚫어지게 쳐다보는 것이 아닌가. 나는 혹시나 하는 마음에 미리 못을 박아두었다.

곰은 “뭘요, 안 뺏어 먹어요”라고 말하면서도 두 눈은 좌우로 흔들흔들 헤엄치고 있다. 이 녀석, 속마음이 훤히 들여다보인다.

“오래 기다리셨습니다. 따뜻한 커피입니다.”

내가 곰에게 “먹고 싶다고 생각한 주제에”라고 한마디 하려던 찰나, 소리도 없이 커피 두 잔이 테이블에 나타났다. 슬며시 올려다보니 역시나 커다란 부엉이가 서 있다. 아니, 위엄이 있으니 부엉이 선생님이라 부르는 게 맞을 것 같다.

조금 전 핫 샌드위치를 가져다준 것도 이 부엉이 선생님이었다. 그때도 곰이랑 이야기하고 있는데 스윽 눈앞에 샌드위치가 나타났었다. 우리는 화들짝 놀라 2초간 굳어 있다가 통로 쪽을 본다. 허리를 꼿꼿이 세운 부엉이 선생님이 서 있었다. 비둘기 씨가 서빙할 수 있으려나 걱정한 건 괜한 오지랖이었다. 홀 담당이 따로 있었던 것이다. 그런데 뭐랄까, 왠지 이 부엉이 선생님, 마치 비밀 요원 같다.

"필요한 게 있으시면 언제든 편히 불러주십시오."

부엉이 선생님은 낮고 깊은 목소리로 그렇게 말하고는 소리 하나 없이 가게 안쪽으로 사라졌다. 스마트하다. 스마트하긴 한데 내가 알던 스마트함과는 결이 다르다……. 아니, 이걸 스마트하다고 말해도 되는 걸까.

"부엉이 씨, 멋있네요! 스마트한 남자 분위기가 나서 참 부러워요."

곰은 눈을 반짝이며 말했다. 그런 곰을 보면서 이럴 때 스마트하다는 표현을 쓰는 게 맞는 거구나 생각했다. 그러고는 "그러게" 하고 대답했다.

이곳은 커피 또한 맛있었다. 곰이 내려주는 커피도 맛있지만 또 다른 맛이었다. 적당한 쓴맛 속에 산미와 단맛이 은은하게 느껴졌다.

"어떤 원두를 쓰는 걸까요? 맛도 좋고 향도 그윽해요."

눈을 감고 코를 큼큼거리며 황홀한 표정을 지었다. 곰은 눈치채지 못했으리라. 곰 바로 뒤에 조금 전에 나간 셰퍼드 커플의 식기를 치우는 부엉이 선생님이 있다는 사실을. 그리고 그가 곰의 감상을 듣고 두 눈을 가늘게 뜨며 기쁘게 고개를 끄덕이고 있다는 것도.

"왜 그래요?"

그 모습을 보며 내가 살짝 미소 짓자 곰이 물었다. 뭐라 답할지 망설이는 사이 부엉이 선생님이 아무 일 없었다는 듯 조용히 안쪽으로 사라졌다.

"지금 있잖아…… 음, 아니, 아무것도 아니야."

"에이, 뭐예요! 왜 웃었어요?"

"아무것도 아니라니까."

"그럴 리가요. 말해주세요."

"아무것도 아닌 건 아무것도 아닌 거야."

"그런……."

곰은 볼을 불룩하게 부풀리며 샐쭉한 표정을 지었다. 어쩜 이토록 못생기고 귀여운 얼굴이 다 있을까. 나는 오른손 검지로 곰의 볼을 쿡 찔렀다……고 생각했는데, 내 손가락은 그대로 곰의 볼을 뚫고 통과해버렸다.

“어라?”

당황한 나머지 목소리가 절로 튀어나왔고 그 목소리에 스스로 놀라 눈을 떴다. 나는 침대 위에 누운 채 오른손을 천장에 뻗고 있었다.

곰은 지난주부터 겨울잠에 들었다. 찻집에 같이 가자고 해놓고 멋대로 혼자 겨울잠에 빠져버린 것이다. 망설이긴 했지만 찻집이 너무 궁금해서 며칠 전 혼자 다녀왔다.

찻집은 정말 근사했다. 핫 샌드위치는 물론 커피도 아주 맛있어서 다른 메뉴들도 먹어보고 싶어질 정도였다. 분명 그곳이 마음에 들어서 이런 꿈을 꾼 것이리라. 어쩐지 조만간 단골이 될 것만 같은 예감이 든다.

하지만 다음 방문은 조금 뒤가 될 테지. 정말 멋진 곳이었지만 단골이 되는 건 지금이 아닐 테고 그것도 나 혼자가 아닐 거라 생각한다.

“빨리 봄이 오면 좋겠어…….”

한겨울의 찬 공기 속에 혼잣말이 공허하게 울려 퍼진다.

"맛있어요!"

한낮의 태양처럼 눈부시게,

만족스레 웃는 얼굴을 보고

나도 모르게 웃어버렸다.

이상하게 보고 싶어

"평소에 좀 미리미리 사두라니까. 이런 일이 갑자기 생길 수 있잖니."

따끔따끔 귀가 따가운 잔소리가 비 오듯 우수수 쏟아진다. 짜증이 나서 눈을 감았으나 엄마가 지금 어떤 표정일지 훤히 보인다.

"유리코, 듣고 있어? 일이 바쁜 건 알겠지만, 해야 할 건 제대로 해야 하지 않겠어?"

"응, 알겠다고……."

벌써 몇 번째인지 모를 대답을 나는 또 내뱉는다. 이상한 일이다. 같은 말을 반복하다 보면 그게 진심인지 아닌지 헷갈리게 된다.

"알면 됐어. 다 큰 어른이니까 좀 똑바로 해, 정말……."

한숨 섞인 목소리로 타박하는 엄마를 향해 나는 힘없이 "네……"라고만 대꾸했다. 제발 그만해, 귀가 아프다고. 나는 환자인데 좀 더 살갑게 대해줘도 되잖아. 문득 그런 생각이 머릿속을 스쳤다.

감기에 걸렸다. 그것도 아주 제대로. 열이 나고 식욕도 없고 머리까지 지끈거린다. 이건 누가 봐도 감기다. 몇 년 만에 '이건 제대로 쉬어야겠다' 싶을 만큼 몸이 아프다.

금요일 아침, 몸 상태가 너무 안 좋아서 일어날 수가 없었다. 상사에게 전화해 하루 쉬고 싶다고 전하자 "몸은 괜찮고? 일은 걱정하지 말고 푹 쉬어"라고 말해주었다. 평소엔 영 믿음직스럽지 않은데 그 순간만큼은 듬직해 보였다. 그런데 전화가 끊기기 직전에 "나카자와 씨가 오늘 쉰다는데, 이거 어쩐담……" 하고 누군가에게 매달리는 듯한 소리가 수화기 너머로 들려왔다. 상사여, 몇 초만 더 참아주지.

감기로 쓰러진 첫날은 어떻게든 버텼다. 집에 있던 레토

르트 카레와 음료수로 버틸 수 있었으니까. 뭐, 하루 자고 일어나면 괜찮아지겠지 하고 대수롭지 않게 생각했는데 토요일 아침에도 좀처럼 낫지 않았다.

감기약은 금요일 밤에 동이 났다. 열은 내리지 않고 목도 아팠다. 늦은 오후가 되어서야 겨우 몸을 움직일 수 있게 되었고 하는 수 없이 감기약을 사러 가려던 찰나, 엄마한테 전화가 걸려 왔다.

"지금 근처까지 왔는데, 잠깐 들러도 될까?"

갑작스러운 연락에 놀라기도 했지만 이보다 고마울 수는 없었다. 나는 현재 상황을 설명하고 먹을 것과 마실 것 그리고 감기약을 부탁했다.

"혹시 곰 군은 벌써 겨울잠에 든 거니?"

감기에 걸린 나를 본 엄마의 첫 마디는 내 건강을 염려하는 말이 아니었다. 내가 그렇다고 말하자 나를 걱정하는 기색도 없이 "오랜만에 보나 했는데……"라며 실망감을 감추지 않고 중얼거렸다.

"아까 이 근처에서 학창 시절 친구를 몇십 년 만에 만났거든. 근데 헤어질 때쯤 벌꿀 팬케이크를 선물 받았지 뭐니. 모처럼이니 곰 군에게 주고 싶어서 일부러 들렀는데, 헛걸음했네."

엄마는 그렇게 말하고는 어깨를 축 늘어뜨린다. 엄마, 그렇게까지 속상해하지 마. 바로 눈앞에서 딸이 힘들어하는 게 안 보여? 내가 콜록콜록 기침을 하자 엄마는 그제야 "아, 맞다. 괜찮아?" 하며 조금 늦은 걱정의 말을 건넸다.

솔직히 엄마가 이렇게 빨리 우리 집에 올 거라고는 생각지도 못했다. 불과 1년 전까지만 해도 이렇게 대화하는 일조차 쉽지 않았으니까. 그걸 생각하면 이건 엄청난 변화다 싶어 새삼 감회에 젖으려는데 엄마는 "감기에 걸렸으면 누워 있어야지"라는 말과 함께 나를 억지로 침대에 눕혔다. 그리고 곧바로 이온 음료와 감기약을 가져다주었다.

약을 먹자 안도감에 스르르 잠들어버렸다. "설거지가 이렇게나 쌓여 있다니!", "빨래도!", "잠깐, 냉장고가 텅 비었잖아!" 하고 외치는 엄마의 목소리가 들리는 것도 같았으나 나는 못 들은 척했다.

"음식이랑 음료, 약은 좀 상비해둬."
초저녁에 일어났더니 엄마의 잔소리가 폭우처럼 나를

덮쳤다. 엄마의 닦달질에 넌더리를 내며 화장실로 향하려는데 집이 거짓말처럼 깨끗해져 있었다. 설거짓거리도, 개지 않고 산처럼 쌓아뒀던 빨래 더미도 싹 사라졌다. 심부름에 집안일까지 해준 엄마에게 툴툴 토를 달 수는 없겠다는 생각이 들었다.

"미안……."

간신히 그 한마디만 했다.

"곰 군이 겨울잠을 안 자는 시기였다면 정성껏 간호해줬을 텐데……."

엄마가 만들어준 달걀죽을 먹고 있는데 엄마가 느닷없이 그렇게 중얼거렸다.

곰이 겨울잠을 자고 있지 않았다면 분명 나를 보살펴줬겠지. 앓아누운 내 모습을 보고 처음에는 허둥대겠지만 이내 익숙해져서 방긋 웃으며 따뜻한 음식을 만들어줬을 것이다.

"그럴지도. 그런데 왜 그런 말을 해? 곰이 그렇게 보고 싶었어?"

달걀죽은 전체적으로 심심하면서 건강한 맛이었다. 정성껏 채 썬 흰 대파가 유난히 달게 느껴지는 걸 보면 나도 어른이 된 것 같다. 그렇게 달걀죽에 몰두한 채 후후 불어 가며 먹다 보니 엄마 말에 한 박자 늦게 대답하고 말았다.

"응, 그런가 봐. 전혀 안 닮았는데도 곰 군을 보고 있으면 자꾸 생각나거든."

엄마 눈이 어딘가 먼 곳을 향했다. 생각난다는 그 누군가가 혹시 나와 연관 있는 사람은 아닐까. 사진으로만 본 아빠일까. 왠지 모르게 그런 느낌이 들었다.

"늑대 씨가 말이지."

"……어? 늑대?"

"그래, 늑대 씨."

늑대의 울부짖는 소리가 머릿속을 스쳐 지나갔다.

뭐야, 생각난다는 게 늑대라고? 분명 인간 남자, 그것도 아빠일 거라 예상했던 나는 늑대 울음소리가 사라지자 머릿속 전원이 탁 하고 꺼지는 소리를 들었다.

몇 초간 전원이 꺼진 뒤, 엄마와 늑대가 나란히 있는 모습을 그려보려 했으나 도저히 그려지지 않았다. 엄마와 늑대라니, 조합이 너무나도 불가사의하다.

"엄마, 그게 무슨 말이야?"

둘의 모습을 그리는 걸 포기하고 묻자 엄마는 "어라? 내가 말한 적 없던가?" 하고 능청스레 말했다. 나한테 말한 적이 없다는 거 알고 있으면서. 나는 그 말을 달걀죽과 함께 꿀꺽 삼켰다.

"엄마, 말해줘."

"대수로울 것 하나 없는 이야기야."

그렇게 말하면서도 엄마 얼굴에는 어딘가 진지함이 비쳤다. 그렇다고 심각한 느낌은 아니었고 소중한 기억을 떠올리는 따스함이 스며 있었다.

"다 듣고 나서 시시하다고 말하기 없기."

엄마는 그렇게 말하고는 천천히 입을 열었다.

아주 오래전 이야기야. 내가 대학생이던 시절, 처음으로 혼자 살게 됐을 때였지. 드라마 주인공이라도 된 것처럼 설렜어.

하지만 새로운 생활이 시작된다는 긴장 때문인지 이사한 첫날부터 꼬들꼬들 얼어붙어 있었어. 앞으로 어떤 나날이 나를 기다리고 있을까, 두근두근 기대하면서 짐을 들고 새집으로 향했어. 그런데 바로 옆집 문 앞에 검은 털옷을 입은 늠름한 늑대 씨가 서 있는 것 아니겠니?

늑대 씨는 내 옆집에 사는 이웃이었어. 허름한 맨션이었는데 그땐 늑대 씨밖에 살지 않았어. 2층짜리 건물이었는데 그날 계단을 오르는 내 발소리를 듣고 인사하려 일부러 기다렸대. 참 성실하달까, 예의 바른 분이었어.

나중에 들은 얘긴데, 그날 내가 너무 긴장했는지 쿵쾅쿵쾅 뛰는 내 심장 소리가 글쎄, 자기 집에서도 들렸다는 거야. 그래서 조금이라도 긴장을 풀어주고 싶어서 일부러 나와 있었다더라고. 지금 생각해도 부끄러운 이야기야, 정말.

이사 온 지 얼마 안 됐을 땐 모든 게 서툴러서 늑대 씨와 마주쳐도 간단하게 인사 몇 마디만 나누는 정도였어. 그마저도 살짝 긴장했었고. 그런데 몇 번이고 얼굴을 마주치다 보니 "오늘도 날씨가 좋네요", "저녁은 뭘 드시나요?", "오늘도 멋진 털이네요" 같은 소탈한 대화가 늘어나기 시작했어. 그리고 정신을 차려보니 어느새 같이 인근 마트에서 장도 보는 사이가 되어 있었지.

아니, 정말 대단했어. 내가 죽어라 자전거 페달을 밟아도 늑대 씨는 아무렇지도 않은 얼굴로 내 옆을 달렸으니까. 언제부터 함께 장을 보러 다니게 되었는지는 잘 기억나지 않지만, 그 뒤로 점점 친해져서 함께 놀러 다니기도 했단다.

바다에도 가고 산에도 가고 공원에 피크닉도 갔어. 술도 종종 마셨고. 내가 너무 많이 마셔서 휘청거리면 두말하지 않고 등에 태워줬지 뭐니. 그게 너무 좋아서 일부러 과음하곤 했는데, 아마 늑대 씨는 눈치채고 있었을 거야. 아무 말도 안 했지만.

나는 말이야, 늑대 씨와의 관계가 오래도록 이어질 줄 알았어. 내가 대학을 졸업해도 사이좋은 이웃, 절친한 친구로 지낼 거라고 말이야. 하지만 그건 나만의 착각이었어.

"슬슬 가려고."

졸업이 얼마 남지 않은 무렵, 그가 그렇게 말했어. 늑대 씨는 이곳저곳을 떠도는 여행가라 한곳에 오래 머물지 않는다고 했어. 애초에 이 마을에서도 길어야 1년쯤 지낼 생각이었는데 내가 이사 와서 체류 기간이 예정보다 길어졌던 거래.

"같이 갈래?"

내가 외로울 거라고 말하자 그렇게 말해줬어. 하지만 나는 함께 갈 수 없었어. 취업이 이미 정해져 있는 데다 여행하며 지내는 삶이 어떤 건지 도무지 상상조차 되지 않았으니까.

"분명 그게 너한테는 더 좋을 거야."

내가 망설이다 끝내 거절했을 때 늑대 씨는 그렇게 말했어. 언제나처럼 온화한 얼굴로. 하지만 어딘가 쓸쓸한 목소리로.

그 후 얼마 지나지 않아 늑대 씨는 집을 떠났어. 송별회도 열었고 조금 비싼 가죽 가방도 선물했지. 그는 기쁘게 받고 웃는 얼굴로 여행길에 올랐어.

그가 떠난 이튿날, 나는 그제야 깨달았어. 사실은 내가 그와 함께 가고 싶었고, 가야 했다는 걸.

사실 함께 가자는 말을 들었을 때도 이미 마음은 기울어 있었어. 하지만 그 마음은 그가 사라진 뒤에야 더 커졌고, 외로움에 한동안 울며 지냈지. 참 한심한 얘기지, 떠난 뒤에야 자기 마음을 알아차리다니.

유리코, 네 아빠를 만난 건 늑대 씨가 떠난 지 3년쯤 지난 뒤였을 거야. 그 무렵엔 당연히 마음을 추슬렀고.

그렇다고 불만이 있는 건 아니야. 네 아빠도 만났고 유리코도 태어났으니까. 다만 가끔은 생각해. 정말 가끔. 그때 늑대 씨와 떠났더라면 어땠을까. 하다못해 내 마음을 좀 더 솔직하게 전했더라면 하고 말이야.

"뭐, 대강 그런 이야기야."

이야기를 맺으며 엄마는 빙긋 웃었다. 다정하면서도 어딘가 쓸쓸한 미소. 나는 한동안 말을 잇지 못했다.

"아, 저기, 그래서 곰을 보면 떠오른다는 게……."

내가 간신히 말을 꺼내자 엄마는 장난스러운 얼굴로 씩 웃었다. 그러고는 "글쎄다"라는 말만 남긴 채 서둘러 돌아갈 채비를 했다.

"잠깐만, 말은 끝까지 하고 가."

당장이라도 돌아가려는 엄마를 붙잡자 엄마는 어이없다는 투로 뭔가 중얼거렸다. 작게 말해서 제대로 들리지 않았다. "지금 뭐라고 했어?" 하고 되물었지만 엄마는 "됐어, 혼잣말이야"라며 두 번은 말해주지 않았다. 대신 이렇게 덧붙였다. "내가 해줄 수 있는 말은 하나뿐이야. 두고두고 후회하지 않으려면 꼭 해야 할 말은 제대로 하라는 것."

엄마는 단호하게 그렇게 말하고는 "그럼, 봄이 되면 또 올게"라며 웃는 얼굴로 집을 나섰다. 또 다. 엄마의 말이 내 가슴에 묵직하게 자리 잡았다.

겨울잠

　12월의 마지막 날. 나는 고타쓰(나무 탁자에 이불 등을 덮고 그 아래에는 화로나 난로가 들어 있는 일본식 난방기구―옮긴이) 안에 몸을 파묻고 있다.

　눈앞에는 탁상용 버너에 올려둔 냄비가 있고, 그 위로 흰 김이 모락모락 피어오른다. 냄비 안에는 올해만 몇 번째인지 모를 푸짐한 김치 전골이 들어 있는데 두부와 돼지고기, 대파와 배추가 보글보글 어깨춤을 추고 있다.

　그리고 냄비와 나 사이에는 앞접시와 별개로 큼직한 새우튀김 두 개가 올라간 해넘이 소바(일본에서는 새해를 맞기 전날 밤에 소바를 먹는 풍습이 있다-옮긴이)가 놓여 있다. 김치 전골과 해넘이 소바라니, 참으로 수수께끼 같은 조합이다. 둘 다 맛있긴 하지만 같이 먹어본 적은 없다. 아마 다들 같이 먹지는 않을 것 같은데.

"자, 면 붇기 전에 얼른 먹어요!"

곰이 고타쓰 맞은편에서 방그레 웃으며 그렇게 말하고는 후루룩 소리를 내며 소바를 먹기 시작했다. 이 녀석은 여전히 제멋대로다.

"일어나세요. 택배 왔습니다."

12월의 마지막 날 저녁, 나는 겨우 대청소를 끝냈다. 어제 미처 버리지 못한 폐지 더미를 비닐 끈으로 묶어 근처 염소 아저씨네 폐지 수거함에 버리려고 집을 나섰을 때 아래층에서 큰 목소리가 들려왔다.

계단을 내려가 보니 '동면 중'이라는 팻말이 걸린 곰의 집 앞에서 짙은 녹색 제복을 입은 검은 고양이가 상자를 옆구리에 끼고 서 있었다.

"택배 왔습니다."

검은 고양이는 초인종을 누르면서 "으, 춥다, 추워" 하고 나지막하게 중얼거리며 몸을 바들바들 떨었다. 곰이 겨울잠을 자고 있다는 건 알고 있을 텐데 대체 무슨 일이지?

"죄송해요, 기다리게 해서. 감사합니다."

내가 가까이 다가가 말을 걸려는 순간, 덜컹 하고 문이 열리더니 잠이 덜 깬 곰이 얼굴을 내밀었다. 오랜만에 보는 곰의 얼굴은 당연하지만 겨울잠에 들기 전과 똑같았다.

"아니에요. 겨울잠을 자고 있어도 꼭 깨워서 전달해달라고 송장에 적혀 있었으니까요. 아, 여기 수령 사인 부탁합니다."

나는 깜짝 놀라며 둘의 대화를 지켜봤다. 아직 봄도 아닌데 곰이 일어나다니. 상쾌한 미소를 남기고 성큼성큼 떠나는 검은 고양이 배달원을 지켜본 뒤 나는 곰을 쳐다봤다.

"곰아, 오랜만이야."

"유리코 씨! 좋은 아침이에요! 참, 지금은 저녁이죠."

"응, 저녁이지. 그런데 너 왜 일어난 거야?"

가장 궁금한 걸 단도직입적으로 물었다. 그러자 곰은 쑥스럽다는 듯 머리를 벅벅 긁으며 고개를 떨궜다.

"저어, 이거 같이 먹을래요?"

조금 전 배달받은 상자를 내민다. 무슨 상자인지 궁금해하며 송장을 보니 큼지막하게 '식품, 해넘이 소바 세트'라고 적혀 있다.

나는 상황이 잘 이해되지 않아 곰만 말끄러미 바라봤다. 그러자 곰이 얼굴을 붉히며 말했다.

"정말 맛있어 보여서 사봤어요. 유리코 씨랑 같이 먹으면 좋겠다 싶어서, 2인분으로요."

"곰, 너 말이야. 내가 혹시 약속이 있거나 엄마 집에 갔으면 어쩔 셈이었어?"

나도 모르게 언성을 높이고 말았다.

"음, 그때는 혼자 2인분을 다 먹으려고 했죠."

곰은 약간 난처한 표정으로 웅얼거렸다.

참나, 이 곰은 어째서 늘 이런 식일까. 뭐, 그게 좋은 점이기도 하지만. 나는 한숨을 내쉬면서도 "좋아, 같이 먹자" 하고 답했다.

"정말요? 야호!"

곰은 반짝반짝 빛나는 얼굴로 발을 동동 구르며 기쁨을 감추지 못했다. 쿵쿵 울리는 진동을 느끼며 '그래, 곰이 겨울잠을 자고 있을 때 이렇게 땅이 흔들린 적도 없었지' 하는 생각이 스쳤다.

저녁 준비는 곰에게 맡기고 나는 염소 아저씨네로 향했다. 염소 아저씨 집 옆에는 '폐지 수거함'이라는 팻말을 내건 파란색 컨테이너가 있다. 거기에 폐지를 넣어두면 염소 아저씨가 말끔히 처리해준다.

"늘 고마워."

폐지를 들고 갔더니 때마침 염소 아저씨가 수거함 안을 정리하고 있었다. 양손에 폐지 뭉치를 들고 우적우적 종이를 먹고 있었던 것이다.

"별말씀을요. 오히려 제가 신세를 지고 있죠. 올해도 감사했습니다."

그렇게 말하며 가져온 폐지 뭉치를 건네자 "오오, 군침이 도는군" 하고 얼굴 가득 웃음 지었다.

"유리코 양, 이거 가져가."

인사를 끝내고 돌아서려는데 염소 아저씨가 날 불러 세웠다. 돌아보니 귤이 한가득 담긴 비닐봉지를 내민다.

"감사합니다. 이렇게나 많이 주셔도 돼요?"

"그럼 그럼, 곰이랑 나눠 먹으렴."

염소 아저씨는 그렇게 말하고 빙긋 웃었다.

"감사합니다. 그런데 염소 아저씨, 곰이 일어난 거 알고 계셨어요?”

내가 신기해서 묻자 염소 아저씨는 후후후 웃고는 집으로 들어가 버렸다. 상냥한 분이지만 어딘가 알 수 없는 신비로운 분위기를 풍기는 염소 아저씨. 분명 내년에도 나는 그를 보며 ‘참 신기한 염소 아저씨네’ 하고 생각하겠지.

염소 아저씨에게 받은 귤 봉지를 들고 돌아오는 길, 어디선가 김치 전골 냄새가 솔솔 났다. 다른 집 저녁 메뉴는 김치 전골인가 보네. 그렇게 생각하며 곰의 집에 들어섰는데 웬걸, 눈앞에 김치 전골이 놓여 있다.

어째서 김치 전골이 있는 거지? 의아해하며 곰을 보자 싱글벙글 웃으며 “왠지 갑자기 먹고 싶어서요”라고 말한다. 하는 수 없이 나도 김치 전골을 먹기로 했다.

해넘이 소바와 김치 전골을 배불리 먹고 나서 오징어구이를 안주 삼아 일본주를 기울이고 있는데 곰이 “아, 맞다! 늦은 감이 없잖아 있지만 지금이라도 크리스마스 분위기를 내볼래요?”라고 했다. 두 시간 뒤면 새해가 밝는 이 시점에 크리스마스라니. 늦었달까, 애초에 오징어를 질경질경 씹으면서 할 말이 아니지 않은가.

"아니, 암만 그래도 새해가 코앞인데 크리스마스는 좀 아니지 않아? 크리스마스 분위기를 낼 케이크도 프라이드치킨도 없잖아. 뭐, 있다고 해도 이제 더 먹을 배도 없지만."

나는 내 생각을 솔직히 밝혔다. 그러나 왠지 불길한 예감이 들어서 씹고 있던 오징어가 잘 넘어가지 않았다. 곰에게 들키지 않으려고 나는 잠잠히 일본주로 오징어를 꿀꺽 삼켰다.

"후훗. 실은 크리스마스 선물을 준비해뒀답니다."

우쭐한 표정으로 곰이 말했다. 그 말에 나는 필사적으로 무표정을 지키면서 '역시 불길한 예감이 들더라니!' 하고 내심 절규했다. 겉으로는 아무렇지 않은 척 "아, 그래?" 하고 대꾸했으나 식은땀이 등골을 타고 흐르고 얼굴이 달아올랐다.

"자, 받으세요!"

언제 준비해놓은 걸까. 곰은 고타쓰 옆에서 길쭉한 상자를 스르륵 꺼냈다. 은빛으로 은은하게 빛나는 매끈한 상자에 알파벳이 선명히 새겨져 있다. 나는 단박에 그것이 위스키임을 알아차렸다.

"삼색 고양이 씨의 시식회 때 여우 누님이 추천했던 그 위스키예요!"

그렇게까지 설명 안 해도 된다고. 그런 건 이름만 봐도 알 수 있거든? 나는 최대한 평정심을 유지하며 간신히 "그러고 보니 그런 얘기를 했었지"라고만 했다.

"유리코 씨가 궁금해하는 것 같아서 사봤어요!"

"응, 사실 궁금했었어. 고마워."

"헤헷, 유리코 씨 바로 마셔볼래요?"

"응, 곰도 같이 마실래?"

"좋아요!"

아까부터 평소보다 짤막하게밖에 대답하지 못하는 나. 하지만 곰은 그런 내 태도 따위는 아랑곳하지 않고 평소처럼 방긋 웃으며 위스키 상자를 소중히 들고 일어났다. 경쾌한 발걸음으로 잔을 가지러 부엌으로 향하는 곰의 뒷모습을 지켜보며 나는 마음속으로 한숨을 쉬었다. 큰일 났다. 새해에 사면 될 거라는 생각에 곰에게 줄 선물을 준비하지 못했다.

위스키 향은 아주 좋았다. 은은한 나무 향 같은 것이 마음을 편안하게 감싸주었다. 하지만 머릿속은 온통 선물 생각으로 가득해서 향과 맛에 온전히 몰두하지 못했다. 얼음 잔에 따른 위스키를 술렁이는 마음으로 마시고 있는데 곰이 눈부신 미소를 지으며 나를 보았다.

"저, 혹시 유리코 씨도 크리스마스 선물 준비해뒀어요?"

이 얼마나 에두름 없는 질문인가. 아아, 나는 대체 뭐라고 답해야 한단 말인가. 나는 망설임 끝에 들고 있던 잔을 조심스레 고타쓰 위에 내려놓았다. 딸랑 하고 잔 속 얼음이 움직이는 소리가 났다. 정적 속에 그 소리의 여운이 오래도록 감돈다.

"미안, 아직 준비 못 했어."

나는 결국 솔직하게 사과하기로 했다. 곰을 똑바로 볼 용기가 없어 시선을 오른쪽 아래로 떨군 채 간신히 말했다. 곰이라면 분명 이해해줄 거라고 마음을 단단히 먹고는 조심스레 고개를 들자 곰은 여전히 나를 보며 방긋 웃고 있다.

"에이, 또 그런 장난을 치다니."

곰은 후후후 웃으며 위스키를 한 모금 삼키더니 염소 아저씨에게 받아온 귤을 까먹기 시작했다.

"미안해. 새해가 되면 사러 가려고 했어."

어찌할 바를 모르고 그렇게 말하자 곰의 얼굴이 굳었다.

톡, 토로록. 곰의 입에 들어가고 있던 귤이 고타쓰 위로 굴러떨어졌다.

"네?"

눈이 동그래진 곰. 곰은 그대로 굳어버렸고, 얼굴은 색소가 홀랑 빠져 창백해졌다. 나는 또다시 눈을 피하며 "미안해"라고 사과할 수밖에 없었다.

그 후 5분가량 곰에게 끊임없이 사과했고, 결국 봄이 오면 삼색 고양이 가게에서 맥주 두 잔을 사주는 걸로 합의를 봤다. 합의를 보고 안도하는 한편, '곰도 겨울잠 자기 전에 아무것도 안 줬었잖아!'라는 불만이 휘몰아쳐서 이게 정말 내 잘못일까 싶은 복잡한 마음도 들었다.

시곗바늘이 자정을 가리키고 새해가 밝았다.

"새해 복 많이 받으세요."

"새해 복 많이 받아."

고타쓰에서 새해를 맞이한 우리는 왠지 모르게 쑥스러워서 서로 얼굴을 마주 보며 후후후 웃었다.

"너랑 함께 새해를 맞을 줄은 몰랐네."

곰이 준 위스키를 조금씩 음미하며 말하자 곰의 얼굴이

문득 진지해졌다. 어라? 왜 그러지? 나는 잔을 살며시 내려놓았다.

"저는요, 겨울잠을 자는 동안 소중한 걸 잃어버리는 게 정말 싫어요."

그 말투가 평소보다 낮고 차분해서 나도 모르게 자세를 고쳐 앉았다. 곰의 눈빛에는 어딘가 쓸쓸한 빛이 깃들어 있었다.

"어렸을 때는 특히 그랬어요. 겨울잠 자는 게 너무 싫었죠. 물론 나이가 들수록 차츰 괜찮아졌고 스스로 아무렇지 않다고 생각했는데, 그래도 가끔은 눈을 떴을 때 세상이 변해 있을까 봐 두렵기도 해요……."

곰의 목소리는 점점 작아졌고 고개도 점점 내려갔다.

"뭘 두려워하는지 모르겠지만, 나는 쭉 이 맨션에 있을 거야."

몸도 거대한 데다 늘 싱글벙글 웃는 주제에 대체 무얼 그리 불안해하는 걸까. 그렇게 생각했더니 왠지 어이가 없어서 시원하게 내뱉었다. 그러자 곰이 놀란 눈으로 나를 바라보았다.

"잠든 사이 세상이 변한다니, 스케일이 너무 큰 거 아냐? 물론 하루아침에 세상이 바뀔 수도 있겠지만 그런 걸 일일이 신경 쓰다간 한도 끝도 없어.”

곰이 내 의견을 듣고는 “그야, 그렇긴 한데……” 하고 웅얼거렸다. 곰치고는 드물게 우물쭈물 주저하는 모습이다. 왜 저러나 신경이 쓰였지만 술기운으로 대담해진 나는 어쩐지 짜증이 났다.

“그렇게 주눅 들지 마! 한심하게. 뭐, 적어도 나는 계속 이 맨션에 있을 거야. 이것만큼은 확실하게 말해줄게.”

나는 그렇게 말하고 위스키를 쭉 들이켰다. 트림이 튀어나올 뻔했으나 간신히 억눌렀다. 아슬아슬했다. 아무리 곰이라고 해도 트림하는 모습을 보이는 건 부끄럽다.

“정말요?”

내가 트림과의 사투를 끝내고 가슴을 쓸어내리는데 불안한 눈빛으로 곰이 나를 바라보았다.

“정말이야, 그러니까 안심하고 겨울잠 자도 돼. 크리스마스 선물 준비해놓고 있을 테니까.”

내가 그렇게 말하자 곰은 오늘 하루 중 가장 환한 미소를 지으며 “네!” 하고 대답했다. 방안 가득 울려 퍼지는 곰의 목소리를 들으며 나는 ‘올해도 멋진 한 해가 되겠군’ 하고 멍하니 생각했다.

"그래서, 그래서? 그래서 너는 걔한테 뭐라고 했어?"

테이블 너머에서 몸을 잔뜩 앞으로 내밀며 묻는 건 흰 앞치마가 잘 어울리는 삼색 고양이다. 그리고 그런 삼색 고양이를 "자자, 그렇게 재촉하지 마. 진정하고 들어보자고" 하며 말리는 건 여우 언니였다.

오늘 여우 언니가 입은 기모노는 옅은 회색 바탕에 눈 덮인 동백꽃 무늬가 돋보인다. 기모노 무늬로 계절을 즐기다니, 역시 이 여우 언니한테는 못 당하겠다.

어둑한 잿빛 구름이 하늘을 뒤덮은 매서운 2월 초순. 점심때 삼색 고양이 가게에 들르니 손님은 여우 언니뿐이었다.

"어머, 인간 아가씨! 오랜만이네."

시식회 이후 첫 재회였는데 여우 언니는 나를 기억하고 있었다. 여우 언니 앞에는 모둠 어묵탕과 따뜻하게 데운 희끄무레한 술병, 그리고 술잔 세 개가 놓여 있었는데 술잔 하나에만 모락모락 김이 피어오르고 있다. 한겨울에 이보다 더 완벽한 조합이 있을까 하고 생각하면서도 나는 잔 개수가 마음에 걸렸다. 물론 삼색 고양이와 함께 마셨을지도 모른다. 그렇다면 나머지 하나는 누구 잔일까?

내가 여우 언니에게 "오랜만이에요" 하고 인사하며 통로를 사이에 두고 옆 테이블에 앉으려는데 삼색 고양이는 어째선지 여우 언니 맞은편 자리를 손짓으로 권했다.

"아주 잘 맞춰 왔네. 아, 맞다. 너 뭔가 좋은 일 있었지? 오늘은 다 털어놓기 전엔 못 돌아가."

삼색 고양이는 당황하는 내 얼굴을 보고는 씨익 웃으며 말했다. 그래서 나는 여우 언니를 쳐다보았다. 그러자 여우 언니는 꿀꺽 하고 잔을 비우고는 "춥지? 따뜻한 정종이라도 마시면서 찬찬히 이야기해보렴" 하고 자연스럽게 대화를 이끌었다. 웃는 얼굴이긴 하지만 눈빛만큼은 매서워서 나는 "네"라고 대답할 수밖에 없었다.

좋은 일이 없었던 건 아니다. 하지만 대체 어디서 그런 이야기를 들은 걸까.

나는 12월의 마지막 날 곰이 깨어났던 일, 함께 해넘이 소바와 김치 전골을 먹은 일, 곰이 겨울잠을 자기 싫어했었다는 이야기를 털어놓았고 삼색 고양이와 여우 언니는 눈을 반짝이며 기뻐했다. 이따금 "역시 젊음은 좋네"라며 서로 얼굴을 마주 보기도 했다.

"저기, 같이 마시고는 있지만 가게는 괜찮은 건가요?"

내가 화제를 돌리려고 가게 밖을 보며 물었더니 삼색 고양이가 히쭉 웃으며 손을 살랑살랑 저었다.

"괜찮아. 진즉에 임시 휴업 팻말을 걸어뒀으니까."

"이런 식이면 삼색 고양이는 물론이고 나한테서도 도망 못 칠걸?"

웃음기 어린 말에 삼색 고양이와 여우 언니는 얼굴을 마주 보며 "그렇지?" 하고 즐겁게 맞장구를 친다. 뭐랄까, 삼색 고양이도 여우 언니도 분명 나보다 나이가 많을 텐데, 지금 모습은 사랑 이야기에 신이 난 여학생으로밖에 보이지 않는다. 나는 어느새 내 앞에 놓인 아귀포구이에 시치미(고춧가루, 산초, 참깨, 생강 등을 섞어 만든 일본 향신료-옮긴이)를 솔솔 뿌리고 한 입 베어 물었다.

"근데 제가 젊다고 해도 언니랑 그렇게 차이 안 나지 않나요? 맞다, 나이가 어떻게 되세요?"

삼색 고양이와 여우 언니는 몇 살일까. 나보다 연상인

건 알고 있지만 화제를 돌리고 싶은 마음에 슬쩍 물어보았다. 그러자 삼색 고양이는 "어머, 정종이 다 떨어졌네" 하며 슬그머니 자리를 떴고, 여우 언니는 "나이를 묻다니, 촌스럽다, 얘" 하고 가볍게 웃어넘겼다. 이럴 때 어른들은 약삭빠르다. 나는 뚱한 얼굴로 잔에 담긴 술을 단숨에 들이켰다.

"그나저나 나는 그대로 있을 거니까 안심하라니, 제법 대범하네."

시선이 느껴져서 여우 언니 쪽을 보니 오른손을 뺨에 살짝 대고 눈을 가늘게 뜬 채 벙긋 웃고 있다. 곰과 웃는 모습이 닮았는데도 어쩐지 어른스러운 섹시함이 느껴지는 게 신기할 따름이다.

"대범한가요? 저는 그냥 이사할 계획이 없다는 말을 하고 싶었을 뿐인데요?"

나는 고개를 갸웃거렸다. 그러자 여우 언니는 눈을 동그랗게 뜨고는 "어머!" 하고 오른손으로 입을 가리며 조그맣게 감탄했다. 그러고는 "지금 한 말, 들었어?" 하고 다급하게 삼색 고양이를 불렀다.

"들었고말고! 딱 너답기는 하네, 맞지?"

삼색 고양이는 깔깔 웃으며 따뜻하게 데운 정종 한 병과

문어 고추냉이 안주를 들고 돌아왔다. 이다지도 웃는 이유를 몰라 나는 공연히 심통이 났다.

"안심하고 겨울잠 자, 내가 곁에 있으니까. 이런 말을 들으면 이 나이인 나라도 심장박동이 빨라질 것 같은데?"

여우 언니가 후후후 웃으며 말하자 그 옆에서 삼색 고양이가 응, 응 하고 고개를 끄덕였다. 나는 "저, 그런 말 한 적 없어요" 하고 서둘러 손을 홰홰 저으며 부정했다.

그래, 나는 그런 말을 한 적이 없다. 하지만 여우 언니 말을 듣고 새삼 아, 그렇게 해석될 수도 있겠구나 하고 깨달았다. 그렇게 깨달은 순간 얼굴이 확 달아올랐다.

"그나저나 그렇게 밝은 곰이 겨울잠 자는 걸 불안해했다니, 전혀 몰랐어."

내 얼굴이 불그스름해진 것 따위는 신경 쓰지 않은 채 삼색 고양이가 말했다. "그러게, 뜻밖이네. 분명 뭔가 까닭이 있을 거야" 하고 여우 언니도 진지한 얼굴로 말을 보탰다. 둘의 대화를 듣자 나도 그 이유가 궁금해지기 시작했다.

"왜 불안해하는지는 안 물어봤지?"

"네, 안 물어봤어요."

여우 언니의 물음에 나는 조금 머쓱해졌다. 내가 얼굴을 약간 찡그리자 여우 언니는 "아니야, 그런 얼굴 하지 마. 오해야, 오해" 하고 깔깔 소리 내어 웃었다.

"아가씨를 탓하는 게 아니야. 아마 이유를 묻지 않는 네 성격을 아니까 곰도 안심하고 네 옆에 있을 수 있는 거겠지."

다정한 언니 같은 말투였다. 나는 그 말이 스르륵 자연스레 이해되었다. 이해는 되었지만 왠지 모르게 마음이 간질간질하다고 할까, 부끄러웠다.

"맞아, 나도 동감이야. 그래도 훗날 그 이유를 제대로 들어주는 것도 네 몫일지 모르겠네."

삼색 고양이가 말했다. 삼색 고양이도 언니 같기는 한데, 꽤 취한 얼굴이다.

"그럴지도 모르겠네요……. 맞다, 시원한 물 한 잔이랑 연어 오차즈케(밥 위에 녹차나 육수를 붓고 여러 고명을 얹어 먹는 간편 음식-옮긴이) 부탁해도 될까요?"

삼색 고양이 말에 동의하면서 나는 추가 주문을 했다.

"알겠어. 잠깐만 기다려."

술을 마시고 기분이 좋아진 삼색 고양이의 뒷모습을 바라보며, 분명 이렇게 얼굴이 뜨거운 건 술 때문일 거라 생각했다.

여행을 떠나다

"다음 달에 2, 3일 정도 연차를 써도 될까요?"

점심시간이 끝나기 전에 애처가 도시락을 먹고 있는 상사에게 조심스레 물었다. 그러자 상사는 입에 넣으려던 브로콜리를 툭 떨어뜨렸다. 브로콜리는 중력을 거스르는 일 없이 곧바로 도시락통 안에 무사히 착지했다.

상사는 건강검진에서 2년 연속 이상 소견이 나왔는데도 기름진 음식만 고집하다가 지난달에는 결국 사모님의 노여움을 샀다. 아무래도 호되게 혼난 모양인지, 그날 이후 점심은 외식에서 애처가 도시락으로 바뀌었다. 오늘 메뉴는 흰쌀밥 대신 브로콜리, 닭가슴살 샐러드, 양상추, 방울토마토. 그야말로 건강식이다.

여담이지만 사모님은 "이제 점심값은 필요 없겠네"라며 칼로리뿐만 아니라 용돈까지 줄였다고 한다. 처음 도시락을 싸 올 때는 상사 얼굴이 본인 지갑처럼 어딘가 쓸쓸해 보였다.

"물론이지, 푹 쉬고 와. 그런데 나카자와 씨가 며칠씩 휴가를 내다니 드문 일이네. 여행이라도 가는 거야?"

의아한 표정을 짓는 상사를 보며 나도 모르게 웃음이 새어 나올 뻔했다. 그러고 보니 입사 이래 2, 3일 연속으로 연차를 쓰는 건 이번이 처음이다.

"잠깐 온천에 가려고요."

일부러 숨길 필요도 없기에 솔직하게 답했다.

"온천, 좋겠네! 어느 온천인데?"

이 동네에서 산을 다섯 개쯤 넘으면 나오는 온천마을 이름을 말하자 상사는 "와, 좋겠다!" 하고 마치 아이처럼 천진한 미소를 지었다. 중년 남성의 순수한 미소는 왠지 모르게 위안이 되었다. 하지만 그런 말을 했다가 이상한 오해라도 사면 큰일이니 입 밖에 내진 않았다.

"그래서 여행은 친구랑 가는 거야?"

"아뇨, 이웃이랑요."

"이웃이랑? 사이가 좋네!"

"……네, 그런 셈이에요. 선물 사 올게요."

상사의 말이 살짝 마음에 걸렸지만 나는 대화를 계속 이어나갔다. 사이가 좋다. 사이가 좋기야 하지만 뭐라고 해야 할까. 잘은 모르겠지만 '사이가 좋다'라는 말이 왠지 걸린다. 뭐, 됐다. 일단 나는 연휴를 획득했다. 그래, 곰과 여행을 가기 위한 연휴.

봄이 오고 곰이 겨울잠에서 깨어났다. 봄이라고는 해도 곰이 눈을 뜬 3월 하순에는 여전히 날씨가 쌀쌀하고 이불도 코트도 여전히 도톰하다.

아침 댓바람부터 맨션에 "야호! 봄이다!" 하는 고함이 울려 퍼졌다. 무슨 일인지 내려갔더니 "우와, 아직 이렇게나 춥다니! 그래도 봄이다! 우오!" 하고 곰이 집 앞에서 포효하고 있었다. 그래도 춥기는 한지 팔짱을 낀 채 몸을 웅크리고 발을 쿵쿵 굴렀다. 이제 막 겨울잠에서 깼는데도 곰은 변함없이 활기 넘쳤다.

"올해는 일찍 일어났네?"

"유리코 씨, 안녕하세요! 올해는 꼭 일찍 일어나고 싶었거든요!"

곰은 그렇게 말하고는 쑥스러운 듯 머리를 긁적였다.

"그게 뭐야. 그런데 일찍 일어나면 춥잖아."

"춥죠! 그래도 잠에서 깨자마자 유리코 씨를 만났으니까 괜찮아요!"

"그게 뭐야……."

천연덕스럽게 이런 말을 해대니 늘 나만 난처해진다. 요놈, 사람 홀리는 재주를 타고난 모양이다.

나는 곰에게 비둘기 씨 찻집에 가서 모닝 세트를 먹자고 권했으나 이제 막 깨어난 곰은 아직 추위에 대한 내성이 없다는 이유로 단칼에 거절했다. 내가 투덜투덜 불평을 늘어놓자 곰이 핫케이크와 커피를 대접해주겠다고 했다. 나는 못 이기는 척 그 제안을 받아들였다.

곰은 얼른 집을 청소하고 철저히 환기시킨 다음 방을 따뜻하게 데워놓을 테니 한 시간 뒤에 와달라고 했다. 나는 일단 집으로 돌아왔다. 모닝 세트를 못 먹는 건 아쉽지만 곰이 만들어주는 핫케이크를 먹을 수 있다면 괜찮다. 계단을 오르는 내 발걸음은 가볍기만 했다.

곰과 함께 핫케이크와 커피라니, 오랜만이라 그런지 괜히 마음이 들뜬다. 곰이 준비하는 동안 나도 잠깐 청소하고 남은 시간에는 책을 읽기로 했다. 최근 인기를 끌고 있는 작가의 책으로 별생각 없이 들른 서점에서 우연히 사게 됐다.

'최강의 연애소설!'

서점 직원이 손글씨로 직접 쓴 홍보 문구였다. 흔해빠진 문구였으나 그 단순함에 마음이 이끌려서 홀린 듯 책을 집어 들었다.

줄거리는 이렇다. 학점을 망치면서 동기들과 함께 대학을 졸업하는 것을 일찌감치 포기한 남학생 아라이. 기말시험을 치르러 학교에 갔다가 만사 귀찮아져서 다시 돌아가려던 순간, 교내에서 몇 번 마주친 적이 있는 두 남학생이 불쑥 말을 건다.

어디에나 있을 법한 평범한 외모의 남학생인 나루미야는 스스로 '사신이 씌었다'고 말하며 자신과 얽히는 사람은 모두 죽는다고 말한다. 그리고 안경을 쓴 다정한 인상의 남학생 무카이는 자신이 '천사의 가호를 받고 있다'면서 자신과 얽히는 사람은 모두 행복해진다고 말한다.

"이번에 졸업하는 걸 포기했다면 말이지, 우리를 도와주지 않겠어? 우리는 사랑을 알고 싶어."

악마와 천사라는 정반대의 두 사람. 기묘하고 수상쩍은 의뢰였으나 아라이는 보수를 주겠다는 유혹을 뿌리치지 못한다. 그는 곧 그 결정을 후회하게 되지만 그런 자신의 앞날도 모른 채 나루미야, 무카이와 함께 사랑을 알기 위한 여정을 떠난다.

이건 세 학생이 사랑을 알아가는 과정을 그린 이야기……라는 식으로 문고본 뒤표지에 적혀 있다.

읽어야지, 읽어야지 하면서도 그냥 책을 산 걸로 만족해 버린 나는 읽을 타이밍을 연거푸 놓치고 있었다. 그런데 오늘은 이 책을 읽고 싶다는 마음이 꿈틀꿈틀 치밀어 올라 마침내 펼쳐보게 되었다. 곰을 기다리는 동안 몇 쪽만 읽어볼까? 하는 가벼운 마음으로 첫 장을 읽기 시작했는데 단박에 책의 세계로 폭 빠져들고 말았다.

"야호! 청소 끝!"

곰의 우렁찬 목소리가 맨션 안에 쩌렁쩌렁 울려 퍼져서 화들짝 놀랐다. 시계를 보니 어느새 약속한 한 시간이 훌쩍 지나 있었다. 아아, 이럴 수가. 어쩌자고 이렇게 재미있는 책을 그동안 방치했던 걸까.

쿵쾅쿵쾅, 곰이 건물을 흔들며 우리 집으로 올라오는 게 고스란히 느껴진다. 이제 겨우 스무 쪽 읽었는데, 아직 나루미야의 사신 설명이 채 끝나기도 전인데, 이렇게 다음 이야기가 궁금한 상태로 핫케이크를 먹으러 가야 한다니.

곰은 아무 잘못이 없다. 그런데도 문 너머에서 내 이름을 부르는 곰이 오늘따라 살짝 얄밉게 느껴졌다.

"온천에 가고 싶네."

곰 집에서 식후에 따뜻한 녹차를 홀짝이며 멍하니, 그리고 느긋하게 쉬고 있는데 내 입에서 그 말이 훌러덩 흘러나왔다. 봄이 왔다지만 아직 코끝이 짜릿한 바람이 불어서 온천에 가고 싶다는 생각이 문득 들었기 때문이다.

흘러나온 목소리는 연기처럼 가볍게 방 안을 둥실둥실 떠다녔다. 나는 내 목소리가 부유하는 걸 느끼면서 꽤 엉뚱한 말을 내뱉었네 하고 곧바로 후회했다.

"온천이요?"

곰이 의아하다는 듯한 얼굴로 쟁반을 들고 느릿느릿 다

가왔다. 쟁반 위에는 앙증맞은 벚꽃 떡 두 개가 작은 접시
에 올려져 있다.

"차만 마시면 허전할까 싶어서 이것도 꺼냈어요!"

실은 뭔가 달콤한 게 먹고 싶다고 생각하던 참이었다.
정말이지 눈치가 빠르다.

"냉동식품이라 해동만 한 거지만요" 하고 말하면서도 곰
은 칭찬을 기다리는 아이 같은 표정을 짓고 있다.

곰의 기대대로 반응해주는 것도 재미없을 것 같아서 나
는 "흐음, 고마워" 하고 무심한 목소리로 말하고는 벚꽃 떡
을 입에 쏙 집어넣었다. 벚꽃잎의 짠맛과 안에 든 팥소의
단맛이 절묘하게 어우러지면서 따뜻한 차와 아주 잘 맞았
다. 몹시 만족해하며 차를 마시고 있는데 곰이 살짝 풀이
죽은 듯했다. 나는 애써 못 본 척했다.

봄이 되어 곰도 깨어났다. 춥긴 해도 봄기운이 점점 강
해지고 있으니 이런 날에 벚꽃 떡은 정말 잘 어울린다고 생
각한다. 센스가 아주 좋다. 뭐, 입 밖으로 말하진 않았지만.
나는 마음속으로만 후후후 웃었다.

"온천에 갈 거예요?"

벚꽃 떡을 다 먹고 나른해지던 참에 곰이 눈을 반짝이며 순진한 눈빛으로 내게 물었다. 이미 끝난 이야기라고 생각했던 나는 그 질문에 단번에 정신이 번쩍 들었다. 설마 시간 차를 두고 다시 물을 줄은 몰랐다.

"추워서 온천물에 몸을 담그고 싶다고 생각했을 뿐이야. 가기로 결정한 건 아니고."

나는 최대한 차분한 어조로 부정했지만, 어째서 내가 당황하고 있는지 스스로 이상하게 느껴졌다. 하지만 뭐, 그런 건 사소한 일이다. 나는 대수롭지 않게 넘기기로 했다.

"그럼 온천에 갔다가…… 농원에 가지 않을래요?"

"농원……, 어?"

곰의 제안에 내 사고 회로가 잠시 멈췄다. 온천과 농원이라니, 조합이 너무나 수수께끼다. 설마 노동으로 땀을 흠뻑 흘린 다음에 온천물에 몸을 담그고 싶다는 희망 사항인 건가? 그것도 나쁘진 않겠지만, 그래도 소중한 휴일은 느긋하게 보내고 싶다.

내가 빙글빙글 머리를 굴리는 동안 곰이 무언가 말하는 듯했으나 나는 한 귀로 듣고 한 귀로 흘려버렸다. 수확 체험도 좋지만 나는 느긋하게 쉬고 싶어서 곰의 제안을 거절하기로 했다.

"그런 노동은 다음에 하자."

"노동요?"

곰이 고개를 갸웃거린다.

"응? 노동하는 게 아니야?"

"아뇨, 노동이긴 하지만……. 유리코 씨 딸기 따는 거 싫어해요?"

나는 아무래도 큰 착각을 했던 모양이다. 얼굴이 화끈 달아오르는 걸 느끼면서도 곰에게 다시 설명해달라고 부탁했다.

"온천 근처에 과수원이 있는데요, 거기서는 딸기를 마음껏 따 먹을 수 있어요. 그래서 어떨까 해서……."

뭐야, 그런 거였어? 혼자 오해한 나 자신이 부끄러웠다.

"……딸기, 먹으러 갈까?"

내가 할 수 있는 말은 그게 전부였다. 부끄러워서 당장이라도 도망치고 싶었지만 어떻게든 그 충동을 억눌렀다.

"정말요? 야호! 엄청 맛있는 딸기를 먹을 수 있는 밭이랑, 음식도 맛있고 온천도 근사한 고급 여관을 알고 있거든요. 같이 가요!"

언제부터 고급 여관이 딸기 수확과 한 세트가 된 거지? 나는 깜짝 놀랐지만 이제 와 제동을 걸 여력은 없었다. 부끄러운 착각으로 인해 내 정신은 진즉에 한계치에 달해 있었으니까.

나는 크게 심호흡을 하며 마음을 가라앉히기로 했다. 하지만 여전히 마음이 달그락거려서 곰에게 차 한 잔을 더 부탁했다.

"있잖아, 그 여관은 어떤 곳이야?"

차를 마시고 나서야 겨우 진정된 나는 물었다. 모처럼 가는 거니까 어떤 곳인지 궁금했기 때문이다.

"밥이 맛있어요!"

"그리고?"

"온천이 최고예요!"

"그리고?"

"곰 전용 객실이 있어요!"

"응? 그게 뭐야?"

밥이 맛있다는 건 아까도 들었지만 역시 기쁘다. 그리고 온천이 최고라니, 이건 더 좋다. 내게는 온천이 주목적이기 때문이다. 그런데 곰 전용 객실이라니, 그건 또 뭐지?

"아, 그게 너구리 부부가 운영하는 여관인데요, 너구리 객실뿐 아니라 다양한 동물 전용 객실이 있어요. 물론 인간 전용도 있고요!"

"어떻게 다른데?"

"객실 넓이, 이불 크기, 그리고 실내 욕실 크기도 다 달라요!"

아하, 동물 크기에 따라 객실 크기가 다른 건가. 아마 방에 준비된 어메니티나 유카타 사이즈도 다르겠지.

"그럼 곰 전용 객실이 가장 커?"

"아뇨, 코끼리 객실이 더 클걸요?"

뿌아앙 하고 코끼리 울음소리가 머릿속에 메아리쳤다. 코끼리, 코끼리라니!

"할머니가 예전에 알던 코끼리 씨랑 묵은 적이 있다고 하셨어요. 널찍해서 편하대요. 아, 기린도 묵을 수 있대요."

"아……, 그렇구나."

나는 그 말밖에 할 수 없었다. 기린도 묵을 수 있다는 건 천장이 엄청 높다는 건가. 대체 어떤 여관인 거지? 그런 여관은 들어본 적도 없다. 막상 가보면 내가 아는 여관이라는 개념이 송두리째 뒤집힐 것 같은, 그런 예감이 든다.

"그러고 보니 할머니는 어디 사셔?"

곰에게 할머니가 있다는 건 알고 있었지만 어디 사는지는 듣지 못했다. 그나저나 곰의 가족 구성원은 어떻게 되는 거지? 나는 곰의 가족에 대해 거의 모른다.

"여관에서 산을 세 개쯤 더 넘은 곳에 있는 작은 마을에 살고 계세요."

"그렇구나. 여관에서 갈 수 있어?"

"갈 수 있어요! 버스를 세 번 갈아타야 하지만요."

"그럼 딸기를 잔뜩 먹고 여관에서 푹 쉰 다음에 할머니 댁에 선물로 딸기를 가져가는 건 어때?"

"네? 그래도 괜찮아요?"

어라? 나 방금 이상한 말을 했나? 생각나는 대로 툭툭 말해버린 나는 내가 무슨 말을 했는지 순간적으로 이해하지 못했다. 곰의 멍한 얼굴을 보고 나서야 내가 제안한 내용을 되짚어봤다. 그제야 얼굴이 달아오를 뻔했지만 어떻게든 가까스로 억눌렀다.

"야호! 갑시다!"

곰이 활짝 웃으며 너무나도 좋아해서 나는 더 놀랐다.

“뭐야, 왜 그렇게 좋아해?”

“사실은요, 예전부터 유리코 씨에게 할머니를 꼭 소개해 드리고 싶었거든요.”

곰은 얼굴을 살짝 붉히며 벙긋 웃었다. 뭐야, 이 녀석. 왜 부끄러워하는 거야? 부끄러워하는 곰을 보고 있자니 간신히 평소의 안색을 유지하던 내 얼굴도 차츰 달아올랐다.

“그럼 결정! 할머니께도 잘 이야기해줘.”

“네!”

이 맨션에 산 지도 벌써 3년째다. 분명 올해도 멋진 하루하루가 이어지겠지. 곰과 함께 있노라면 왠지 모르게 그런 생각이 들어서 내 얼굴에는 벙싯한 웃음이 떠올랐다.

할머니께

할머니께

할머니 잘 지내고 계세요? 저는 잘 지내고 있어요.

빨리 봄이 오면 좋겠다고 생각해서 그런지 올해는 예년보다 일찍 깨어났어요. 하지만 막상 일어나 보니 아직 날씨가 제법 추워서 일주일 정도는 집 안에서 뒹굴거리며 지냈답니다.

그렇게 집 안에서만 지냈더니 "일어나고도 밖에 안 나갈 거면 겨울잠 자는 거랑 마찬가지잖아"라며 유리코 씨가 핑 하고 코웃음 쳤어요. 아, 유리코 씨는 지난번 편지에도 썼지만 같은 맨션에 사는 인간 여자분이에요.

유리코 씨가 이 맨션에 이사 온 지도 벌써 2년이 되었네요. 밥을 참 맛있게 먹는 분이고, 어느새 삼색 고양이 씨와 여우 누님과도 친해졌더라고요. 누구와도 대번에 친해질 수 있는 참 멋진 분이에요.

아, 맞다. 이번에 유리코 씨와 함께 할머니가 알려주신 여관에 가기로 했어요. 여관에서 푹 쉰 다음 할머니 집에 가고 싶다는 이야기가 나왔어요! 그래서 말인데 혹시 괜찮으시다면 이번에 유리코 씨와 놀러 가도 될까요? 자세한 일정은 다시 이야기하는 걸로 해요. 조만간 전화 드릴게요.

여전히 쌀쌀한 날이 이어지고 있어요. 할머니도 부디 건강하게 지내시기를 바라요.

손자 곰 드림

삼색 고양이가 백반집을 물려받은 이유

"정신을 차렸더니 그곳에 있었어. 그 외에 달리 표현할 방법이 없네."

요즘 내가 매주 토요일 저녁마다 찾는 단골집이 하나 있다. 오래된 식당으로, 낮에는 메뉴가 매일 바뀌는 정식이 유명하다. 밤에는 술도 판다. 앞치마를 두른 삼색 고양이 한 마리가 운영하는 작은 가게라서 단체 손님은 받기 어렵다. 손님층은 다양하고 언제 가도 북적이는데 나 같은 중년의 인간 남자도 부담 없이 들어갈 수 있다.

진심을 다해 손님을 맞이하는 삼색 고양이의 세심한 배

려 또한 인상적이다. 직업병 때문일까, 잡지 기자인 나는 그런 그녀의 이야기를 기사로 쓰지는 않더라도 언젠가는 찬찬히 들어보고 싶었다. 그저께 밤, 드물게도 손님이 나 혼자여서 "삼색 고양이 씨는 어디서 태어났어요?"라고 물어봤다. 왠지 흥미로운 이야기를 들을 수 있을 것 같다는 예감이 들어서였다.

"들어도 재미없을 텐데?"

그녀는 그렇게 말하면서도 먼 곳을 바라보듯 이야기를 시작했다……고 생각했는데 "그전에, 이야기해줄 테니까 뭐라도 마실 걸 좀 주면 좋겠는데?" 하고 장난스레 웃어서 결국 나는 맥주를 추가 주문했다. 뭐, 내가 먼저 부탁했으니 어쩔 수 없다. 그녀는 맥주를 맛있게 반쯤 비운 뒤 어딘가 아련한 눈빛으로 이야기를 시작했다. 지금부터 하는 이야기는 그때 그녀에게서 들은 것이다.

그녀는 자신이 어디에서 왔는지, 언제 태어났는지 모른다고 했다. 가장 오래된 기억은 길가의 조그만 지장보살 사당(길가나 산길에 있는 작은 사당으로, 주로 돌로 단을 쌓고 위에 작은 지붕을 얹은 형태가 많다. 사당 안의 지장보살 앞에는 꽃과 공양물이 놓여 있다-옮긴이) 안에서 비를 피하고 있던 순간이다. 그것도 혼자서.

어미의 모습은 어디에도 없었고 냄새조차 남아 있지 않았다. 그래서 그녀는 엄마가 어떤 고양이인지, 자신이 언제 태어나 어디에서 왔는지도 모른다. 어렸을 때는 지식 같은 것이 없어서 자신이 사당에서 뚝 떨어져 태어난 고양이라 믿었다.

비바람은 사당에서 피할 수 있었으나 배고픔은 어떻게 해볼 도리가 없었다. 사냥 기술을 가르쳐줄 이도 없었기에 그녀는 무덤 위의 제물이나 쓰레기장을 뒤져 허기를 달랬다. 몇 번이나 배탈이 났다. 죽을 뻔한 적도 많았다.

어렸을 때는 여름이 싫었다. 음식이 금세 상해서 쓰레기조차 뒤질 수 없었으니까. 그렇다고 겨울이 좋았던 것도 아니다. 추위와 슬픔이 몰려와 밤새도록 훌쩍이며 날이 밝기만을 기다렸다.

그녀는 과묵했다. 말을 못 하는 건 아니었다. 총명한 그녀는 주위 생명체들의 삶을 관찰하면서 말을 배웠으니까. 그저 함께 대화할 상대가 없었을 뿐이다. 언젠가 누군가와 이야기를 나눌 날이 올 거라 믿으며 묵묵히 공부했다.

"이봐, 너. 우리 가게에서 설거지라도 해볼래?"

사당 생활에도 제법 익숙해진 세 번째 봄을 맞이했을 무렵, 불쑥 누군가가 말을 걸었다. 목소리의 주인은 앞치마를 두른 인간 노부인이었다.

생각지도 못한 일에 화들짝 놀란 그녀는 지레 겁을 먹고 사당 안으로 몸을 숨겼다.

"계속 여기 있으려고? 그러고 싶다면 말리지는 않을게. 하지만 언젠가 마음이 내키면 우리 가게로 오렴."

노부인은 그렇게 말하고는 종이 한 장을 내려놓고 돌아갔다. 살금살금 사당에서 나와 살펴보니 그것은 손으로 직접 그린 지도였다. 거기에는 노부인의 백반집으로 가는 길이 표시되어 있었다.

그녀는 이미 노부인의 가게를 알고 있었다. 종종 쓰레기를 뒤지러 갔던 곳이었으니까. 노부인은 오래된 식당을 운영하면서 낮에는 메뉴가 매일 바뀌는 백반을, 밤에는 술을 팔았다. 가게는 언제나 북적였고, 가게 밖까지 맛있는 냄새가 흘러나왔다.

그 냄새에 이끌린 삼색 고양이는 수시로 가게 뒤편 쓰레기장을 찾아가 아직 먹을 만한 음식은 없는지 뒤지곤 했다.

그녀가 쓰레기장을 뒤지기 시작한 이후 어느 날부터인가 그곳에는 누가 봐도 음식물 쓰레기가 아닌 것이 이따금 섞여 있었고, 그 횟수가 점점 늘어났다. 삼색 고양이는 그 사실을 눈치채고 있었다.

뭔가 다른 속셈이 있는 건 아닐까, 의심하기도 했으나 일주일 뒤 결국 노부인의 가게를 찾아갔다. 식욕은 이성보다 강하니까.

"너는 일머리가 좋아서 정말 큰 도움이 돼."

노부인의 가게를 찾아간 지 반년쯤 지났을 때 삼색 고양이는 마침내 노부인과 함께 주방에 서게 되었다. 처음에는 설거지만 하다가 곧 채소 손질과 간단한 조림을 맡게 되었고 급기야 함께 요리를 만들게 되었다.

그녀가 무척 마음에 들었던 노부인은 가게에서 숙식하며 일하지 않겠느냐고 제안했다. 그녀도 노부인을 따랐기에 두말없이 승낙하고 사당에서 가게로 거처를 옮겼다.

노부인의 가게에서 보내는 시간이 늘어날수록 그녀를 보기 위해 찾아오는 손님도 점점 늘었다. 어느새 그녀는 가게의 간판 고양이가 되었고 손님은 계속 늘어났다. 그 덕분

에 가게는 더더욱 북적였고 동네에서 가장 유명한 음식점
이 되었다.

"딱히 이유 같은 건 없어. 그냥 네가 우리 가게에서 일해
주면 좋겠다고 생각했을 뿐이야."

그날 왜 말을 걸어줬느냐고 물을 때마다 노부인은 늘 같
은 대답만 했다. 정말 그뿐일까? 그녀는 몇 번이나 물었지
만 돌아오는 대답은 언제나 같았다. 그래, 그때까지는.

"혼자 필사적으로 살아가는 널 보고 있으면 마치 젊은
시절의 나를 보는 것만 같아서 말이지."

병실 침대에 누운 채 노부인은 눈을 가늘게 뜨며 말했
다. 가게에서 숙식하며 일하기 시작하고 여섯 번째 겨울로
접어들었을 때 돌연 노부인이 쓰러졌다.

1년 전부터 노부인은 건강이 조금씩 나빠졌고 삼색 고
양이 혼자 가게를 꾸려나가는 날이 점차 늘어났다. 그렇게
혼자서 모든 일을 해내는 데 익숙해질 즈음, 노부인은 결국
입원하게 되었다.

병원과 가게를 오가는 나날이 이어졌다. 체력적으로 부
담을 느끼면서도 단 한 번도 힘든 내색을 하지 않고 묵묵히

가게를 지켰다.

입원한 지 석 달쯤 되었을 무렵, 노부인은 그녀에게 말을 건 이유를 밝혔다. 부모에게 버림받고 고생했던 유년 시절. 식당을 운영하던 한 여성이 거두어주었던 일. 그리고 그 여성이 마지막으로 남긴 말이 '너도 누군가가 힘들어하면 말을 걸어주렴'이었다는 것. 노부인은 천천히, 그러나 또렷한 목소리로 그녀에게 계속해서 이야기했다.

"나는 있지, 너에게 말을 걸었던 그날, 실은 후회했단다. 괜한 참견이었을까 하고. 그래서 네가 가게로 와줬을 때는 기쁜 나머지 눈물이 핑 돌았어."

그렇게 말하며 미소 짓는 노부인의 손을 삼색 고양이는 살며시 쥐었고 이내 눈물이 어룽거렸다. 노부인 밑에서 일하고 처음 흘리는 눈물이었다. 그녀는 그때 처음으로 기쁠 때도 눈물이 난다는 사실을 깨달았다.

"뭘 우는 거니. 나는 너와 지낼 수 있어서 행복했단다."

노부인은 그렇게 말하며 자글자글 웃었다. 주름투성이의 미소를 바라보며 그녀도 웃었다. 웃으면서 어느새 둘 다 눈물을 펑펑 쏟았다. 따스한 공기가 병실에 가득 찼고 호젓한 시간이 흘렀다. 그날의 대화는 한 사람과 한 고양이의 마지막 대화가 되었다.

노부인은 이튿날부터 깊은 잠에 빠졌고 사흘 뒤에는 삼색 고양이와 수많은 단골손님에게 둘러싸여 세상을 떠났다.

"할머니의 단골손님들에게는 미안하지만, 이 가게는 내가 이어받기로 했어."

노부인이 세상을 떠난 지 두 달 뒤, 그녀는 가게 문을 다시 열었다. 처음에는 단골손님들 대부분이 기뻐하며 가게를 찾았지만 그중에는 "역시 노부인이 없으니 허전하네"라고 말하며 발길을 끊은 손님도 있었다.

처음에는 과연 자신이 가게를 이어받아도 될지 오랜 시간 고민했다. 하지만 노부인의 짐을 정리하다가 병원 베개 밑에서 삼색 고양이가 가게를 이어주면 좋겠다는 유서를 발견했다. 그 누구보다 노부인의 가게를 사랑했던 그녀였기에 기쁘면서도 한편으로는 과연 잘해낼 수 있을까 하는 불안도 있었다. 두 달간 고민에 고민을 거듭한 끝에 그녀는 마침내 가게를 이어받기로 결심했다.

"거창한 이유 같은 건 없어. 내가 할 줄 아는 게 요리밖에 없었으니까. 그냥 그뿐이야."

가게를 잇기로 결심한 결정적인 이유를 묻자 그녀는 웃으며 그렇게 답했다. 그녀가 가게를 물려받은 지도 어느덧 3년. 흰 앞치마를 두른 삼색 고양이의 백반집은 여전히 큰 인기를 누리고 있다. 술을 제공하는 밤 시간대 역시 손님들로 북적인다.

"단골인 반달가슴곰이 글쎄, 얼마 전에 인간 여자애를 데려왔더라고."

그녀에게 요즘 즐거운 일은 뭐냐고 물었다. 그러자 그녀는 후후후 웃으면서 요즘 보고 있으면 절로 흐뭇해지는 커플이 있다고 했다. 커다란 체격에 겁을 먹을까 좀처럼 다른 동물들과 어울리지 못한다고 말했던 반달가슴곰. 그런 그에게 사이좋은 이웃이 생겼다고 한다. 곰은 노부인 때부터 단골손님이었기에 그녀는 그 사실이 무척이나 기쁜 모양이다.

"아직 사귀는 건 아닌데 아마 곧 그렇게 되지 않을까? 물론 아직 시간은 좀 더 걸리겠지만……."

그렇게 말하며 미소 짓는 그녀의 옆모습은 이야기 도중 보여주었던 노부인의 사진 속 미소와 어딘가 닮아 있었다.

우리 집 아래층에
반달곰이 산다

초판 1쇄 발행 2026년 1월 7일
초판 2쇄 발행 2026년 1월 28일

지은이 마리메
옮긴이 임지인
펴낸이 최지연
마케팅 김하연, 강민지, 김경민, 강지민
경영지원 강미연
디자인 수오
표지그림 나예
교정교열 윤정숙

펴낸곳 라곰
출판신고 2018년 7월 11일 제 2018-000068호
주소 서울시 마포구 마포대로 49 1106호
전화 02-6949-6014 **팩스** 02-6919-9058
이메일 book@lagombook.co.kr

한국어 출판권 ⓒ(주)타인의취향, 2026

ISBN 979-11-93939-43-7 03830